kento & Rei
「刑事と灰色の鴉」

刑事と灰色の鴉

高遠琉加

キャラ文庫

この作品はフィクションです。
実在の人物・団体・事件などにはいっさい関係ありません。

目次

刑事と灰色の鴉

口絵・本文イラスト／サマミヤアカザ

子供の頃、魔法使いに会ったことがある。

魔法使いは黒い服を着て、黒い手袋をしていた。肌が白くて、綺麗《きれい》な顔をしていた。特に目が綺麗で――澄んだ夜空みたいな、吸い込まれそうな瞳をしていた。

「見てて」

黒い手袋の手がひらりと動く。指が細くて長くて、ひらひらと動くさまがとても綺麗で、目が離せなくなる。目を離していなかったはずなのに、手の中にはいつのまにか白い花が咲いていた。

「わあ」

花びらが何枚も重なった、大きな白い花だ。見惚《みと》れていると、手袋の手がぐしゃりと花を握りつぶした。

「あっ」

声をあげると、魔法使いは小さく笑う。そうして握った拳を高く掲げた。ふわりと手をひらくと、花びらがひらひらと頭の上に降り注いできた。

「わ…」

息を呑《の》んだ。

魔法使いが手をひらめかせるごとに、湧き出るように花びらが降ってくる。次から次へと、何枚も何枚も。とても花ひとつ分とは思えない。花吹雪みたいに、雪みたいに、風に吹かれて舞い落ちてくる。

「……きれい」

本当に魔法だと思った。夕焼けに染まった空の下、自分の上だけに花が降ってくる。白い花びらが西日に輝いている。花びら越しに、魔法使いが笑う。彼の手にかかると、世界はきらきらと輝く、とても美しい場所に思えた。

「こんなにきれいなもの、見たことないよ」

「……綺麗なものはたくさんあるんだよ」

魔法使いは身をかがめて、目を合わせてきた。

「君の中にも」

その瞳から、やっぱり目が離せなくなる。見つめているとドキドキして、体が熱くなって、ふわりと浮き上がる心地がした。瞳に小さく自分の姿が映っている。すうっと吸い込まれそうだ。

君の胸には宝石が輝いている。

あの時魔法使いは、そう言った。そうして小さく輝く魔法をひとつ、手の中に握らせてくれた。

あの宝石は、今でもこの胸にある。きらきら光って、行き先を照らしてくれる。

だから絶対に迷わない。間違えない。

いつかきっと――つかまえてみせる。

◆

スリの利き手は心臓だ。誰にも握らせたりしない。

東京《とうきょう》。山手線《やまのて》。午前八時過ぎ。

満員電車の中は異常な空間だ。普通、人にはパーソナルスペースというものがあって、親しい相手以外に必要以上に近寄られると不快感を覚える。特に体の近く――少し動けば触れられる位置は、ごく個人的な空間だ。

だけど満員電車は別だ。否応なしに他人と体を密着しなければいけない。話したこともなければ名前も知らない、赤の他人と。当然乗客の不快感はマックスで、みんな何かに集中したり居眠りしたりして、意識をほかに逸《そ》らせようとしている。

スリにとって、これほど好都合な場所はない。

玲《れい》はそっとターゲットを盗み見た。

今回のターゲットはサラリーマンだ。二十代後半。今どきの髪型をして、ちょっと派手なネクタイをしている。だけどネクタイの結び目はだらしなく、朝なのにシャツには皺《しわ》が多かった。革靴は手入れされていなくて踵《かかと》が不均衡にすり減っている。腕時計はしていない。今は扉の近く、座席横のポールに身を預けるようにつかまって目を閉じている。かろうじて立ってはいるが、半分以上寝ている。

それだけで、ある程度のことはわかる。一人暮らしで、稼ぎはそこそこ。恰好《かっこう》はつけたいけれど身だしなみには無頓着で、性格は雑。姿勢が悪く運動不足気味で、生活も不規則。友人は多そうだが、あまり仕事ができそうには見えない。

獲物はスマートフォンなので、手に持っていたり、イヤフォンを繋《つな》いでいたらアウトだった。けれどターゲットは朝の通勤時間は睡眠にあてる習慣らしい。事前に聞いていたとおりだ。乗車時にスマートフォンをバッグの前面のポケットに入れたことも確認していた。

斜め掛けにしたショルダーバッグは体の前に回し、座席袖のパネルとの間に挟んでいる。この状態では仕事はできない。

仕事が一番しやすいのは、人が動く乗り降りの時だ。けれど今回はいったん掏《す》って、気づかれる前に戻す必要があるので、乗車中に最初の仕事をすませる必要があった。

駅に着いた。扉が開き、人が動く。ちょうどターゲットのそばにいた男性が網棚に置いていたバッグを取り、扉に向かった。チャンスだ。玲は空いた空間にするりと移動し、ターゲットの横に立った。持っていたビジネスバッグを網棚に上げる。

今日は自分も満員電車に一番溶け込む格好をしていた。つまりスーツだ。眼鏡もかけている。黒い革の手袋をはめた手で吊《つ》り革を握り、ポケットからスマホを取り出してニュースサイトを開いた。

扉が閉まり、電車が動き出す。三つ先が急行の停《と》まる駅だ。それまではスマートフォンに集中しているふりをした。誰の印象にも残らない、眼鏡をかけた地味なサラリーマン。

電車が駅に近づく。タイミングを見計らって、玲は網棚のバッグに手を伸ばした。ついでにさりげなく、バッグのポケットに指先を走らせた。

ふわりとハンカチが落ちた。狙い通りに、ターゲットの足元に。

「あっ、と……失礼」

かがんでターゲットの足元に体を潜り込ませる。ターゲットはちらりと目を開けて、軽く体を引いた。ショルダーバッグと座席のパネルの間に、隙間ができる。

ちょうど電車が駅に着き、扉が開いた。乗客たちが大きく動く。ハンカチを拾って体を起こす時に押されたふりをして、玲はぐらりとターゲットに寄りかかった。

「わっ、すみません」

あわてて体を戻す。ターゲットは迷惑そうに顔をしかめたが、何も言わなかった。まだ眠そうだ。こちらを見たかもしれないけれど、玲はうつむいたままそそくさと電車を降りた。

降りると、階段に向かう人の流れからはずれ、スマホを見るふりをして反対側のホームに移った。車両二両分、移動する。降りる人がほぼ吐き出され、発車ベルが鳴る。急いで乗車する人にまぎれて、同じ電車の二両先の車両に戻った。

乗ってすぐの扉脇に、小柄な青年が立っていた。パーカにジーンズ姿で、大きなヘッドフォンをしている。そこらにいそうな普通の大学生風だ。玲はポールをつかんでその青年の前に立った。

他の乗客からは見えないよう、背中で隠して死角を作る。そうしてスーツのポケットからスマートフォンを取り出した。自分のじゃない。さっきターゲットのバッグから掏ったスマートフォンだ。それを大学生風の青年に渡した。

青年はデイパックを肩にかけている。その中から小さなモバイルパソコンを出し、ケーブルで繋いだ。両方をかわるがわる器用に操作しながら、小声で囁《ささや》く。

「写真を消去すればいいんだよね?」

「ああ。同期ソフトもチェックしておいてくれよ」

「オッケー」

スマホにはロックがかかっているだろうが、青年はなんなくロックを解除し、中のデータを消していく。たいして時間はかからない。その間に玲は黒縁の眼鏡をはずしてケースにしまい、首に巻いていたストライプのマフラーもはずした。両方ともバッグに突っ込む。できればコートを替えたいところだが、かさばるのでやめた。

電車が駅に着いた。ターゲットが降りる駅だ。玲は大学生風の青年からスマホを受け取ると、開いた扉からすばやくホームに降りた。続いて青年も降りてくる。

大きなターミナル駅なので、乗る人も降りる人もたくさんいる。けれど日本の通勤客は羊のように従順で、お行儀よく並んで乗り降りするので、大きな混乱は起きない。海外なら、ここでスリが活躍するのだけど。

玲は速足で最初に乗っていた車両の近くまで戻った。ターゲットが降りたのを確認して、さりげなくそのうしろにつく。さっき前からぶつかったので、同じ手は使えない。改札が近づくとスマホを出す確率が高いので、その前に仕事を終わらせる必要があった。

前方から大学生風の青年が近づいてきた。ヘッドフォンをして、手元のスマホを見ながら歩いてくる。まったく前を見ていない様子だ。ターゲットのすぐ前まで来て、ハッとしたように顔を上げた。

正面からぶつかりそうになって、まごついて二人でちょっと右往左往する。乗客の流れを遮った形だ。ターゲットのすぐうしろにいた玲は、さも迷惑そうに軽く肩をぶつけて、男を追い越した。

その瞬間、男のスマートフォンをショルダーバッグの元のポケットに滑り込ませた。

（完了、と）

ターゲットに二度接触するのは危険だし、普通は取るより戻す方が難しい。けれど相手は寝ぼけたリーマンで、どこもかしこも隙だらけで、あっけないほど簡単な仕事だった。これなら財布だって盗み放題だ。

でも、それはやらない。対象物以外には手をつけない。報酬以上は受け取らない。それがルールだ。

改札を通って駅を出ると、玲はあらかじめ決めておいたドーナツショップに入った。すいている二階に行き、外を見下ろすカウンター席に座る。すぐに大学生風の青年が入ってきた。ヘッドフォンを首にかけながら、玲の隣に腰かける。

「終わった？」

玲は頷《うなず》いた。

「オールクリア」

「そ」

青年は眠そうにあくびをする。寝起きそのままのようなぼさぼさ頭で、目元がほぼ前髪に隠れていた。

「悪かったな。朝早くから」

「まったくだよ。こんな時間に起きて動くの、ひさしぶり」

「ごめん」

「満員電車も、死ぬかと思った……」

「悪かったって」

その口調とぐったりした顔つきがほんとに死にそうだったので、玲は笑い出した。

「お詫《わ》びにドーナツ好きなだけ奢《おご》るよ」

「そうこなくちゃね」

紙幣を渡すと、青年はいそいそと一階に下りていった。トレイにドーナツを山盛りにして戻ってくる。たっぷりグレーズのかかったもの。砂糖がまぶされたもの。クリームが詰まったもの。胸やけしそうだ。

「朝っぱらから、よくそんな甘いもの食べられるな」

「脳には糖分が必要だからね」

「そうだ。足跡つけておいてくれたか？」

思い出して訊《き》くと、ドーナツを頬張りながら青年は頷いた。

「ばっちり。でもさあ、こんな回りくどい方法でいいの？　ターゲットがネットに書き込むかわかんないしさ。手っ取り早く噂《うわさ》流せばいいんじゃないの？」

「泥棒が噂になってどうするんだよ。仕事がやりにくくなるだろ」

玲はコーヒーをひと口飲んだ。香りも味も薄い。そのぶん飲みやすくて、ドーナツにはちょうどいいんだろう。

「いいんだよ。わかる奴《やつ》にはそのうちわかるから」

味気ないので、ポーションのミルクを入れた。軽く揺らすと、白と黒が渦巻き模様になる。陰陽マークみたいだ。渦巻きはゆらゆらと回りながらしだいにほどけ、白と黒が混ざり合い、混沌《こんとん》とした泥の色になった。

「生きていればな」

付け加えると、大学生風の青年はもぐもぐと動かしていた口をちょっと止めた。

「……」

口の中のものをごっくんと飲み干す。何も言わず、ふたつめのドーナツにかぶりついた。

◇

「動かないで！　新宿《しんじゅく》警察署です」

明かりがついて声がしたのと同時に、ベッドの後ろに潜んでいた健斗《けんと》は立ち上がった。

声を出したのは花岡《はなおか》巡査部長だ。健斗の先輩の女性刑事だ。警棒を構え、ドアの前に仁王立ちになっている。

「窃盗と住居侵入罪の現行犯で逮捕します」

引き出しの中を物色していた侵入者は、ぎくりとしたように固まった。その手にしっかりと下着が摑《つか》まれている。まぎれもなく現行犯だ。

「…っ」

普通、この状況なら観念しそうなものだ。だけど帽子を目深にかぶった男は、ベランダに向かって脱兎《だっと》のごとく駆け出した。

「あっ」

ここはアパートの二階だ。高さは三メートル半ほどか。ベランダに出た男は一瞬ためらったが、健斗たちがたどり着く前に、手すりを乗り越えて飛び降りた。

「しまった」

健斗は手すりから身を乗り出して下を見た。アパートの廊下や周囲に人は配置されていたが、こちら側は敷地が狭く、花壇や窓があって待機できなかった。男は少しよろけたが、すぐに花壇を踏み荒らして走り出す。アパートの入り口とは反対方向に逃げ、生け垣をむりやり突っ切った。

住人の許可をもらって靴は履いていた。健斗はためらいなく手すりを乗り越え、地面に飛び降りた。背後で花岡が「ベランダから飛び降り、背面の道路に逃走しました」と無線で通話している声が聞こえる。

着地の衝撃はたいしたことなかった。花壇をよけて、すぐに後を追う。道路に出ると、街灯が点々と灯《とも》った道の先に男の後ろ姿が見えた。

「あっちだ」

「追え！」

応援の署員の声と足音がする。住宅地と商業用地が入り混じった地域だ。少し行くと、飲食店や飲み屋が雑多に集まっている。男はその中に逃げ込んだ。

まだ宵の口で、人が多い。道は入り組んでいて、店と店の間には細い路地がある。曲がり角が多くごちゃごちゃしていて、見失いそうだ。追ってくる署員の足音がばらばらと遠くなる。

（あと少し）

健斗は男の背中を見失わずに追いかけていた。足には自信がある。もう少しで追いつけそうだ。

男が走りながら後ろを振り返った。健斗が追ってきているのを見て、路地裏の端に積み上げてあった空のビールケースを倒す。

「おっと」

崩れたビールケースをハードルのように飛び越えた。さらに道を塞ぐようにゴミ箱を倒されたが、それも飛び越す。逃げる男に続いて、曲がり角を曲がった。

「っ」

ヒュンッと目の前を何かが横切って、あわててのけぞった。

「く、来るな！」

侵入者の男が長い鉄パイプのようなものを振り回していた。よく見ると、ポールハンガーの支柱だ。路地裏に粗大ごみが放置されていて、そこから取ったんだろう。

「うわ、危ないな」

たぶんアルミ製で軽そうだが、フックがたくさんついていて当たると危険だ。男がそれをやみくもに振り回すので、なかなか近づけなかった。

「真柴《ましば》くん」

花岡が息を切らしながら追いついてきた。

「気をつけて」

他の署員は路地で撒《ま》かれたのか、まだ来ない。男は中年でたいして強くなさそうだが、ポールを振り回しながら少しずつ後退している。あれを持ったまま人通りのある道に出られると危ない。

健斗は腰の後ろから三段警棒を引き抜いて伸ばした。健斗は剣道の有段者だ。警棒を竹刀のように構えて、間合いを図る。

男はポールを振り回し続けているが、自分の方が振り回されてふらふらしている。体幹が弱いのだ。おまけに狭い路地なので、ポールが壁にぶつかってよろけ、バランスを崩した。そこに、大きく踏み込んだ。

「うっ」

小手の要領で警棒で男の手首を叩《たた》き、ポールを落とさせる。そのまま懐まで一気につめて、拳をみぞおちに叩き込んだ。

「ぐふっ」

健斗は空手も有段者だ。手加減はしたが、男はぐらりと前かがみになった。腹を押さえて、膝をつく。苦しそうに開けた口から、胃液がアスファルトにだらりと流れた。

その首の後ろを、手刀で軽く叩く。男はあっけなく地面に倒れ伏した。

「真柴くん、手錠かけて」

ようやく他の署員たちがやってきた。健斗はうつぶせに倒れた男の両手を背中に引っぱり、腰のホルダーから手錠を出した。手首に手錠の輪をあてる。

「現行犯、確保しました」

警察に入って七年目。刑事になってからはまだ一年未満だ。現行犯を自分で捕まえて手錠をかけるのは、初めてだった。

カチャッと嵌《は》まる音が、なかなか気持ちよかった。

「おう、やったじゃないか。盗犯の筋肉派」

「お手柄だな、ルーキー」

刑事課に入ると、あちこちから声が飛んできた。

「筋肉派はやめてくださいよ……筋肉バカみたいじゃないですか」

文句を言うふりはしたが、曲者揃《くせものぞろ》いの刑事たちにやっと認めてもらえたようで嬉《うれ》しい。盗犯係の係長もやってきて、ポンと肩を叩かれた。

「よくやったな」

「ありがとうございます」

警視庁新宿署は、日本最大級の警察署だ。数多《あまた》の商業施設やオフィスがひしめく新宿の西部を管轄し、日本一の歓楽街、歌舞伎町《かぶきちょう》を抱えている。JR新宿駅の乗降客数は一日平均八十万人近く。人口の集中する首都東京の中でも、さらに人が集まる不夜城都市だ。当然事件・事故も多く、署員の数も多い。

健斗は高校卒業後に警察官になった。警察学校を出て最初に配属されたのは、ハコヅメ――つまり交番のお巡りさんだ。昼夜問わずやっかいごとに対応する大変な仕事だが、市民に一番近い警察官だし、やりがいはあった。制服を着て装備を身に着けると身が引き締まったものだ。

交番に三年勤めた後、機動隊に異動になった。若くて体力があって武道の経験があるからだろう。訓練はキツいし、先輩は怖いし、仕事はハードだったけど、様々な経験を積むことができた。

だけどやっぱり、刑事になりたかった。子供の頃からの夢だったのだ。そのために空手や剣道で体を鍛えてきたし、各種の講習も試験も積極的に受けてきた。

念願叶《かな》って刑事課に異動になったのは、今年の春のことだ。刑事になって半年余り、まだまだ卵の殻をくっつけたひよっこだ。

配属されたのは盗犯捜査係だった。新人が刑事のキャリアを積む時、盗犯係からスタートすることは多い。なにしろ窃盗は、日本の一般刑法犯の実に七割以上を占めるのだ。

窃盗は、大きく侵入窃盗、非侵入窃盗、乗り物盗に分けられるが、もっと細かく言えば、空き巣、金庫破り、旅館荒らしや事務所荒らし、車上ねらい、下着泥棒などの色情ねらい、ひったくり、スリ、置き引き、万引き、仮睡者ねらいなど、多種多様な手口とシチュエーションが存在する。情報窃盗や電気窃盗など、目に見えないものだって盗まれる。盗犯係になって窃盗事犯に対応するようになって、健斗はつくづく実感した。

人間は、盗むのだ。機会や動機があれば、わりと簡単に。そして機会も動機もなくても盗む。盗犯係は大忙しだ。

「それにしても、自分のとこの従業員の部屋に盗みに入るとか最低ですよね」

自分のデスクに座ってパソコンを立ち上げながら、健斗は言った。

最初の訴えは、区内に住む女性からだった。部屋から物がなくなる、誰かに侵入されている気がする、という。

女性はファミリーレストランで働くアルバイトで、大金や高価なものは持っていない。なくなったのは安いアクセサリーや雑貨などで、現金や通帳は無事だった。だから最初はなくしたと思っていたそうだ。

だけどお気に入りの下着がなくなって、怖くなった。相談を受けて調べてみると、鍵をこじ開けた形跡はないが、侵入の跡は見られる。被害は女性が夜に働いている時間帯に起きるということなので、健斗と花岡が部屋の中に潜んで張り込みをすることになった。

張り込みを始めて四日目に、犯人が姿を現した。捕まえてみると、女性が働くレストランの店長だった。

店長は従業員用ロッカーの鍵を持っていた。女性が勤務している時にアパートの鍵を持ち出し、ひそかに合鍵を作っていたのだ。犯行のあった時間、店長はアルバイトに店を任せて食事と称して外出していた。

「好きになってしまった、彼女の持ち物が欲しかったなんて言ってるけど、とんでもないよね。余罪を厳しく追及しなくちゃ」

隣の席の花岡が憤慨した様子で言った。花岡は健斗の教育係だ。

花岡は刑事のキャリア六年目で、ここに来る前は鉄道警察で痴漢やスリの相手をしていたらしい。ちょっと堅物なところはあるけれど、真面目で優秀で、健斗にとっては頼りになる先輩だ。花岡美華《みか》という華やかな名前に抵抗するように、眼鏡に黒髪ひとつ結び、地味なパンツスーツというシンプルなスタイルを貫いている。

「セキュリティってのは、そもそも穴があることを前提に考えなきゃいかんのだよなあ」

盗犯係のデスクの島を見渡す位置に座った係長が、地を這うような低い声で言った。

「穴があることが前提？」

健斗が訊くと、苦み走った顔で頷く。

「被害者はアパートの戸締りは厳重にチェックしていたし、勤務中は貴重品はロッカーに入れて、合鍵は誰にも渡していないと言っていた。でも、どんなにしっかり鍵をかけても、施設管理者――この場合はファミレスの店長だ――は、鍵を開けられるんだ。アパートだって、大家や管理会社はマスターキーを持っている。そうしないと何かあった時に困るからな。でも人は、施設を管理している人間のことは頭から抜け落ちてしまうんだ」

「はい」

「じゃあ最近はやりのデジタルな鍵はどうかっていうと、これも穴がある。指紋や顔認証で本人以外は開けられないようにしても、データ自体を書き換えられたらアウトだ。たとえシステムがクローズドだったとしても、内部の人間が関われば、あるいはシステムの管理に隙があれば、そこに穴が生まれる」

椅子にどかりと座った辰村《たつむら》係長は、ミントのタブレットを口に放り込む。ガリッと噛《か》んで、続けた。

「どんなに強固な鍵を作っても、どんなに完璧なシステムを作っても、それを動かす人間は、強固でも完璧でもない。だから防犯には必ず穴がある。だから、おれたちの仕事はなくならないんだ」

辰村係長は、四十年近くの刑事のキャリアの半分を違法賭博、半分を盗犯で過ごしてきたというベテランだ。階級は警部補。

辰村はかなりのヘビースモーカーで、そのせいかおそろしく低いドスの利いた声をしている。見た目も映画だったら絶対に悪役だろうというごつい強面《こわもて》で、その外見と声だけで気弱な被疑者は震えあがると言われ、『地獄声の辰さん』のあだ名があった。

だけど部下からの信頼は厚いし、こう見えて奥さんや娘さんには頭が上がらないらしい。最近は「煙草《タバコ》をやめないと孫には会わせない」と娘さんに宣告されたそうで、絶賛禁煙中だ。刑事課では、辰村の禁煙がいつまで続くかひそかな賭けになっている。

「——二件目だわ」

隣の席でスマートフォンを手にしていた花岡が、小さく呟《つぶや》いた。

「どうしたんですか？」

「少年課に同期がいるんだけど、今はネットがらみの犯罪が多いから、定期的にネットをパトロールしてるの。いろんなワードで検索してピックアップしてるんだけど……ちょっと気になることがあるって教えてくれて」

「気になること？」

花岡は目を上げて健斗を見た。

「スマホの中から、写真だけがそっくり消えてるんですって」

「は？」

最初、何を言われてるのかわからなかった。

「スマホは普通に使えるんだけど、中の写真のデータだけが消えてるんだって。ＳＮＳにそういう書き込みがあるって」

「……データが壊れたんじゃないですか」

不具合や故障でデータが読めなくなるなんて、スマホでもパソコンでもままあることだ。

「でも他のデータは全部残ってるんだよ。だけどね、それだけじゃないの」

花岡はしごく真面目な顔をしている。指先で眼鏡をちょっと持ち上げて、言った。

「カラスの足跡」

「はい？」

「撮った覚えのないカラスの足跡の写真が入ってるんだって。何もなくなった写真フォルダに、一枚だけ」

これ、と花岡はスマートフォンを健斗に向けた。

画面に写真が映し出されている。ベージュの砂地に、てんてんてん、と矢印みたいな跡がついていた。鳥の足跡だ。カラスじゃないかもしれないけれど、これを見たら、たいがいの人がカラスの足跡だと思うだろう。

「前にも同じケースがあったの。写真データが消えて、カラスの足跡が残されている。画像もまったく同じ。たまたま同期が見つけただけで二件だから、ほかにもあるかもね。写真フォルダだけが壊れることはあるかもしれないけど、撮った覚えのない同じ写真が入ってるって、偶然ではありえないよね？」

「そういうコンピュータウイルスってことですか？　大事なデータを消して、いたずらの画像を残すみたいな」

だとしたら、犯罪ではあるけれど、盗犯係の仕事じゃない。警視庁のサイバー犯罪対策課の案件だろう。

「その可能性はあるよね。SNSの書き込みも、たちの悪いウイルスかって話になってる。だけど、カラスっていうのが……」

花岡は言葉を切って考え込む。そこに、地獄声が響いてきた。

「――灰色鴉《がらす》」

「え？」

健斗と花岡は揃って辰村の顔を見た。

「ハイイロガラス？　灰色のカラスですか？」

健斗が訊くと、小指を耳に突っ込んでほじりながら答える。

「そういうカラスがいるらしいな。灰色っていうか、黒と灰色のまだらだな。黒い頭巾をかぶってるみたいだってんで、ズキンガラスともいうらしい」

そういう辰村の髪も、黒と白のまだらだ。遠目には灰色に見える。

「それが？」

「いたんだよ、昔」

耳から小指を抜いて指先をふっと吹いて、辰村は言った。地獄から響いてくるような声で。

「そういう名前で呼ばれていた、芸術的な悪党がな」


「ぐえっ」

花岡と一緒に署に戻ってきて、エレベーターの前に立った時だ。いきなり背後から首に腕を回され、健斗はつぶされたカエルのような声をあげた。

「うっ」

背後を取られるなんて、武道じゃ致命的だ。どうにか逃れようとするが、ぎりぎり締め上げてくる上に片手をうしろにひねられ、隙もない。やばい、呼吸ができない、と焦り始めた時、花岡が「ちょっと、柳《やなぎ》くん」と怒った声を出した。

腕はぱっと離れた。健斗は咳《せ》き込みながら振り返った。

「いま戻りか？　真柴」

健斗の首を絞め上げていた相手は、さわやかに笑った。

「……柳先輩」

生活安全課の刑事、柳だ。警察では直接の先輩になったことはないが、柳は高校が同じで、剣道部のOBだった。寮でも同じフロアなので、顔を会わせる機会は多い。

「悪ふざけが過ぎるよ、柳くん」

クラスメイトをたしなめる学級委員長みたいな顔で、花岡が言った。そういえばこの二人は同期だ。柳は悪びれず笑った。

「背中が無防備だからさ。そんなんじゃ刑事は務まらないぞ、真柴」

笑うと、ハンサムな顔にえくぼができる。健斗は喉を撫《な》でながら顔を逸らした。

「はあ、すみません」

柳は新宿署きってのモテ男だ。すらりとした長身に、彫りの深い甘いマスク。少しくせのある髪は艶のあるダークブラウンに染められている。生活安全課は風営法の摘発などもするのだが、柳は水商売や風俗のお姉さんたちから大人気らしい。

　でも、食えない人だと健斗は思う。こう見えて剣道は全国クラスの腕前だし、今だって背後から腕を回されるまで、健斗はまったく柳に気づかなかった。子供の時から空手をやっていて、気配や殺気には敏感なのに。

「花岡さん、ちょっと真柴借りていい？」

　ペンでも借りるような気軽さで、柳が言った。花岡は顔をしかめる。

「まだ仕事が残ってるんだけど」

　柳の笑顔は花岡には通用しないらしい。頼もしい。

「ちょっとだけだよ。すぐに返すから」

　笑いながら、柳はまたガッと健斗の首をホールドした。ヘッドロックをしたまま、ずるずると引きずっていく。

「なんですか、もう」

　廊下の端まで来たところで、どうにか振り払った。

「どうだ、刑事には慣れたか？　私服も板についてきたじゃないか」

　そう言う柳が着ているスーツは、健斗の量販店のスーツの数倍はしそうだ。華やかな柄のネクタイも磨かれた革靴も、まったく刑事らしくない。

「はあ、まあなんとか」

「今日、暇か？　暇だろ？　ちょっとつきあえよ」

嫌な予感がした。

「調書を書かなくちゃいけないんで……」

「花岡さんに指導してもらったらすぐだろ。彼女、優秀だからな。それが終わったら来いよ」

「なんですか。また飲みですか。嫌ですよ。金ないし」

言って離れようとしたが、また肩をホールドされて引き寄せられる。垂れ目のくせに妙に目力のある目が、圧を持って近づいてきた。

「おまえ、全然遊ばないだろ。寮暮らしでどこに金使うんだよ。夜の街を知らなくちゃ刑事は務まらないぞ？」

柳は夜遊び好きなのだ。本人は仕事の一環と言っているが。たしかに夜の街を知らなければ生活安全課は務まらないかもしれないが、健斗は酒にあまり強くないし、女性がいる店も苦手だ。うわばみでモテ男の柳のお供はしたくない。

「俺、盗犯係ですから」

逃げようとしても、空手三段の健斗の力をもってしてもなかなか振りほどけない。片頰にえくぼを浮かべて、柳は囁いた。

「いいから黙ってついてこいよ。先輩に逆らえると思ってんのか？」

「――」

何しろ武道系の部活だ。上下関係が骨の髄まで沁《し》み込んでいる。そして警察は軍隊と同じで、上官の命令は絶対だ。

「……仕事が終わったら、行きます……」

そう言う以外、柳の腕から逃れる術《すべ》はなかった。

「よし」

ようやく腕を離し、柳はにっこり笑った。その甘くスマートな笑顔から顔を背けて、健斗はこっそりため息をこぼした。


「そう呼ばれてるビルがあるんだよ」

「幽霊ビル？」

新宿は、オフィスビルやホテルが林立する西口エリア、大規模商業施設が立ち並ぶ東口エリア、ド派手なネオンサインがきらびやかな歌舞伎町に、戦後の闇市から続く飲食店街のゴールデン街など、エリアによって様々な顔がある。それらははっきりと分かれているわけじゃなく、互いに浸食し合い、一部で混ざり合いながら、宝石箱とおもちゃ箱とゴミ箱をいっぺんにひっくり返したような、アジア有数の混沌とした繁華街を作り出している。

「一見したところ廃ビルで、昼間はひと気がないんだが、どうも夜だけ開いてる店があるみたいでね」

そんな新宿の片隅を、柳は勝手知ったる様子で泳ぐように歩いていく。洗練された色男だけれど、これでも新宿署の生活安全課だ。ディープな繁華街を知り尽くしている。

「こんなところを通るんですか?」

繁華街の裏路地にどんどん入り込んでいく柳の背中を、健斗はとまどいながら追いかけた。表は派手なネオン、派手な看板、派手な格好をした人たちであふれているのに、一歩裏道に入ると、そこには別の世界が広がっている。

「近道なんだよ」

ねずみ色の壁を這うねずみ色のダクト。汚れた空気を吐き出し続ける換気扇。そこかしこに意味不明な落書きが描かれ、電線や何かのコードが太い束になってぶら下がっている。路地の両端にはゴミ箱やビールケース、段ボール箱、その他雑多なものが積み上げられ、人ひとり通るのがやっとのところも多かった。

「廃ビルってホームレスが入り込んだり薬の売買に使われたりするからやっかいなんだけど、そこは書類上は貸しオフィスや休眠会社が入ってて、所有者も権利関係が複雑で、長い間放置されてたんだよね」

酔っ払いが吐いた跡のある汚れた路地を、柳は磨かれた革靴ですいすい歩いていく。すぐ前を小さな影――たぶんねずみだ――が横切って、健斗はぎょっとして片足を上げた。

健斗だって、万引きやひったくりの捜査で日々靴底がすり減るほど歩き回っている。だけど新宿は複雑怪奇な街だ。行ったことのない場所、歩いたことのない道なんてざらにある。

新宿は蛇腹になった街だと、健斗はよく思う。単純に面積で言えば二十三区内では十位以下だが、高層ビルは上へ上へと伸び、ビルの下には地下フロアが掘られ、建物と建物の間に迷路のような路地が生まれ――まるで蛇腹に折り畳まれているみたいに、表からは見えない多重層の世界が広がっているのだ。

「幽霊ビルって、幽霊が出るんですか？」

「そういう噂もあるね。誰もいないはずなのに明かりがついていたとか、ビルのオーナーが飛び降り自殺して以来、何度も所有者が変わってるとか、オーナーの幽霊が出るとか。まあ調べたら自殺なんてなかったんだけど」

暗い路地の先が明るくなってきた。ようやく路地を抜けるらしい。

「それが、いつのまにか地下に店ができててさ。最近人が出入りしてるってんで、ちょっと様子を見ておこうと思って」

「生安の人と行けばいいじゃないですか」

「お洒落《しゃれ》なバーらしいから、刑事の匂いぷんぷんさせてる奴らと行ったら浮いちゃうだろ」

健斗は刑事の匂いがしないらしい。釈然としないながらもついていくと、ふっと視界がひらけた。

暗い路地ばかり歩いていたせいで、必要以上に明るく見えていたらしい。路地を抜けても、さほど明るい街並みじゃなかった。繁華街のはずれで雑居ビルが立ち並び、飲み屋と飲食店、小規模な事務所が混在している。

「ここだな」

柳が立ち止まったので、健斗もその隣に立った。

たしかに古いビルだ。廃ビルと言われても納得する。赤褐色のタイルの外壁は黒く煤《すす》け、ところどころ欠けたり罅《ひび》が入ったりしている。縦長の窓はどこも真っ暗で、表にも明かりはない。全体的に暗く沈んだ印象だ。

けれど、なかなか趣のある建物だった。玄関はアーチ型にくり抜かれ、窓ガラスの外側に木でできた観音扉がついている。外壁のタイルは細い溝が入ったスクラッチタイルで、煉瓦《れんが》のような重厚感があった。それが歳月の重みを湛《たた》えて黒ずみ、いかにもいわくありげな雰囲気を作り出している。幽霊ビルと呼ばれるのも無理はないと健斗は思った。

「昭和の遺物って感じだな。たしかに幽霊が出そうだなあ」

柳もそう言いながら、ビルの周囲を観察している。

小さなビルだ。四階建てで間口は狭く、周囲の雑居ビルに埋もれそうに建っている。表から見えるところには看板はひとつもなく、ひっそりと寝静まっている——あるいは死んでいるように見えた。

時刻は夜八時。繁華街はこれから盛りを迎えるところだ。歌舞伎町界隈《かいわい》ではいよいよ人出が増え、ネオンがぎらついているだろう。けれどこのあたりは人通りも少ない。

「ほんとにやってる店があるんですか?」

健斗はアーチ型の玄関から中を覗《のぞ》いた。

中は暗く静まっている。ロビーらしき空間があって、エレベーターの扉が見えた。ちゃんと動くのか怪しそうな、年代物のエレベーターだ。その隣に案内板がある。中に入って見てみた。

一階は何かの店舗だったらしく、大きなガラス扉の向こうにひらけた空間がある。けれど中はがらんとしていて、ガラス扉には木の板が打ちつけられていた。案内板の二階と三階には何かの社名が入っているが、とても営業しているようには見えない。他は空白だ。

「バーなんてなさそうですけど……あれ、柳さん?」

振り返ると、柳の姿がなかった。外に出ても、道にもいない。きょろきょろしていると、

「真柴、こっち」と声がした。

柳は隣のビルとの間の細い路地にいた。路地というか、隙間って感じだ。そこにひっそりと小さな明かりが灯っている。

「地下があるんだよ」

柳の言うとおり、そこには地下へ下りる階段があった。壁に昔のガス灯のようなクラシカルなライトが灯っている。でもやっぱり、看板はない。

覗き込むと、暗い中に沈むように階段が下りていっている。なかなか入りにくい雰囲気だ。

「行ってみよう」

柳はさっさと階段を下り始めた。健斗もついていく。暗く狭く、なんだか地の底に下りていくみたいだ。コンクリートに足音が響く。

階段は途中で折れていて、曲がると先に明かりが見えた。淡いオレンジ色の光だ。蜂蜜を薄く溶かしたような――ふっと、なつかしいような気持ちになった。

「ここだな」

下にたどり着くと、ドアがあった。ビルの古い佇《たたず》まいに似つかわしい、重厚な木製のドアだ。ガラスは入っていないので、中の様子は窺《うかが》えない。

ドアの脇にアイアン製のブラケットライトがあって、そこに小さなプレートが下がっていた。店名らしきものが書かれている。――『Magic hour』

「マジックアワー、か」

柳が呟いた。

その言葉を耳にした瞬間、健斗の目の裏に光が広がった。金色がかったオレンジ色の、蜂蜜を溶かしたような……そうだ、黄昏《たそがれ》の光だ。

――こういう時間を、マジックアワーっていうんだよ。

かつて、そう教えてくれた人がいた。黒い服を着て、黒い手袋をしていた。その手で魔法を見せてくれて、世界をきらきらと輝く特別な場所にしてくれた。

（俺の魔法使い）

「マジックといえばさ、このバー、手品の上手《うま》いバーテンダーがいるらしいんだよ」

柳の言葉に、健斗ははっと我に返った。

「えっ？」

「イケメンバーテンダーで、リクエストすると手品を見せてくれるんだってさ。それで口コミで客が集まってるらしい。雑誌にもネットにも情報がないんだけどな」

「え……マジックバーなんですか？」

「そういうんじゃないみたいだけど」

トクンと心臓が鳴った。

トクントクンと、次第に鼓動が速くなっていく。健斗は小さく唾を飲んだ。

（まさか）

まさかこんなところにいるはずがない。こんな、職場のすぐ近くに。あんなに探したのに。

「入ってみるか」

柳がドアのハンドルをつかんだ。見た目通り重そうなドアだ。ギギ、とかすかに音が鳴る。開くと、中はほどよい薄暗さに満たされていた。店内に散らされた間接照明も、淡い黄昏の色だ。そのせいか、昼と夜のあわいの曖昧な時間に迷い込んだような気分になる。

「いらっしゃいませ」

近くにいた店員が振り返った。

（うわ）

健斗はちょっと面食らった。

生きたフランス人形。そんな感じだ。店員は膝丈のワンピースを着ているのだが、それがなんともゴージャスな、フランス人形が着ているようなドレスなのだ。フリルやレースがふんだんに使われ、スカートはパラソルみたいに広がっている。しかも、髪が綿菓子みたいなベビーピンクだ。すとんとしたボブで、顎のあたりで切り揃えられている。こういうのゴスロリっていうんだっけ、と健斗は目をしばしばさせた。

「二人なんだけど」

柳は動じていない。ゴスロリ店員はにこりと微笑《ほほえ》んで、「お好きなお席にどうぞ」と店内に体を向けた。

「中は綺麗だな」

柳が小声で囁く。健斗は店内を見回した。

広い店じゃない。バーカウンターにスツールが並び、テーブル席がいくつか。調度品や壁紙は重厚なゴシック調で、フロアのあちこちにオブジェや彫刻が置かれ、壁には絵画が飾られている。ゴシックロリータな店員の服装が合っているといえば合っていた。抑えた照明とあいまって、夜の美術館のようなひそやかな雰囲気を作り出している。たしかに、廃ビルにしか見えない古いビルの中にこんな空間があるなんて、外からは想像できない。

健斗と柳は、とりあえずカウンター席に座った。普段バーなんて行かないので、ハイスツールが落ち着かない。

カウンターの内側に立っている中年男性が「いらっしゃいませ」と声をかけてきた。こちらは白シャツに黒ベスト、ネクタイ、整えられた口髭《くちひげ》というスタイルで、いかにも〝マスター〟って感じだ。

「この人が手品の上手いバーテンダーですか？」

小声で訊くと、柳は首を傾《かし》げた。

「もう少し若いバーテンダーがいるはずなんだけど」

見回してみても、フロアにはゴスロリ店員しかいない。座席は半分ほどが埋まっていて、繁華街のはずれにしては客が入っていた。

「今日は休みかな」

「そうですか…」

内心で、落胆した。だけど期待して落胆するのはもう慣れっこだ。健斗はメニューを手に取った。

メニューにはお洒落なカクテルの名前が並んでいるが、あいにく酒に疎い健斗にはよくわからない。柳に訊こうと顔を上げたところで、背後のフロアで大きな声がした。

「嘘《うそ》つき！」

同時に、パシャッと水音。健斗はフロアを振り返った。

二人掛けのテーブルに男女のカップルがいた。女性の方が立ち上がって手にグラスを持っている。向かいの席の男性は頭からぽたぽたと水滴を垂らしていて、どうやらグラスの中身をぶちまけられたらしい。

他の客たちが何事かと見ている。さっきまで店内は落ち着いてくつろいだ雰囲気だったのに、にわかに不穏な空気が漂った。

「友達が見たって言ってるんだから。女と腕組んで歩いてたって。浮気してるんでしょ⁉」

「だから知らないって！　その日は遅くまで残業してたはずだから……見間違いだろう」

「とぼけないで。この前だって約束ドタキャンしたし、仕事で忙しいからって最近なかなか会えないし」

「だからほんとに仕事で忙しいんだよ」

「嘘！　信じられない…っ」

痴話喧嘩《げんか》だ。女性の方はだいぶボルテージが上がっていて、今にも泣き出しそうだった。

「前は忙しい時だって会いにきてくれたじゃない。なのに……こんなのひどいよ。こそこそ浮気して」

女性の目が潤んできた。どうしようと、健斗はおろおろした。いや、赤の他人にはどうしようもないのだが。柳を見ると、「修羅場だな」とにやにやしている。

「違うんだ。待ってくれ。話を聞いてくれ」

男性もおろおろして、濡《ぬ》れた顔も拭かずに席を立って彼女をなだめようとしていた。真面目そうな人に見える。

「いやっ、話なんて聞きたくない。約束破ったのはそっちでしょ」

「だから本当に仕事が忙しくて」

「言い訳ばっかり。もうたくさん！」

彼女はどんどんヒートアップしていく。客たちは固唾《かたず》を呑んで見守っていた。

「はっきり言えばいいじゃない。別れたいって」

「そんなこと思ってない！」

つられたように、彼氏の声も大きくなった。

「私のことなんて、もう好きじゃないんでしょ！」

「好きだ！」

思わず、という感じで彼氏が怒鳴った。

「結婚してくれ！」

「えっ」

彼女は鳩《はと》が豆鉄砲をくらったような顔になった。その目から、ぽろっと涙がこぼれ落ちる。

店内は静まり返った。ずっと流れていたＢＧＭのピアノの音だけがそらぞらしく浮いている。

大きく息を吸って、彼氏は言った。

「本当は、落ち着いたらちゃんと話をするつもりだったんだ。実は大阪《おおさか》に転勤が決まって」

「えっ、大阪？」

彼女はますますぽかんとする。

「急な話だけど、でも栄転なんだ。それで向こうに出張に行ったり、こっちの仕事を片付けたりで急に忙しくなって」

「そんな……なんで教えてくれなかったの？」

「もちろん言うつもりだったさ。でも」

目を逸らした彼氏の頬が、ほのかに赤くなった。

「この機会に、ちゃんと……プロポーズしようって思って」

「っ」

彼女の頬も、かあっと赤くなった。両手で口元を押さえる。

「ああもう」

彼氏は髪をぐしゃぐしゃとかき回した。

「こんなどさくさまぎれに言うつもりじゃなかったんだ。ちゃんと場所やシチュエーションを考えて、ビシッと決めようって思ってたのに」

「智彦《ともひこ》……」

「これじゃ指輪もないし、花束もないし」

彼女はさっきとは違う表情で瞳を潤ませている。どうやら喧嘩は収まったようだ。やれやれと客たちが視線をはずし、健斗もカウンターに向き直ろうとした、その時。

「――お客様」

涼やかな声がした。

ゴスロリ店員とは違う声だ。健斗は何げなくもう一度振り返った。

こちらに背中を向けて、男性が一人立っていた。カウンターの中年男性と同じ白シャツに黒ベスト、スラックスという服装で、店員らしい。

「あっ、すみません、お騒がせして」

「いえ。落ち着かれたならよかったです。タオルをどうぞ」

恐縮する彼氏に、店員はタオルを差し出した。彼氏は礼を言って濡れた髪や顔を拭く。店員はすっと彼に近づいた。

「――さきほど、花束もないとおっしゃっていましたが」

「え？」

「持っていらっしゃるじゃないですか。胸の中に、とても綺麗な花を」

男性客の胸のあたりで、ひらりと店員の手が動いた。

「……！」

健斗ははっと目を見ひらいた。

店員の手は男性客のスーツの胸を撫でるように動き、襟を軽く持ち上げる仕草をする。その、手が。

（黒い手袋）

無意識に前のめりになって、腰がハイスツールからずり落ちた。

「真柴、どうした？」

柳の声も耳に入らない。

店員は襟の中に指先を入れて、くるりと翻す。次の瞬間、手の中に一本の薔薇《ばら》の花が現れた。

わあ、と客たちから声が上がった。

男性客は「えっ」と目をパチパチさせている。店員は薔薇を彼に差し出した。

「どうぞ、これを彼女に」

赤い薔薇だ。本物の薔薇のように見えた。重なる花びらはたったいま手折られたかのようにみずみずしく、甘い香りさえ漂ってきそうだ。

（――見つけた）

スツールから降りた健斗は、ふらりと一歩前に出た。

「ああ、せっかくプロポーズするのに一本だけじゃ寂しいですよね。もっと持ってませんか？

隠してません？」

「えっ、えっ」

店員は彼氏のポケットに手を突っ込んだり、スーツの裏を探ったりする。そのたびに手の中に薔薇が現れた。目を丸くしている彼氏にそれを渡す。茎が短いので小さなブーケだが、ちゃんと花束ができ上がっていった。

「おや、こんなところにも」

おどけた声で言って、店員は彼氏の髪の中から薔薇の花を取り出した。客たちの間で笑い声が起きる。さっきまで痴話喧嘩に静まっていた店内が、今は楽しいショーで盛り上がっていた。

「このくらいでいいでしょう。さあ、プロポーズをどうぞ」

言って、店員がくるりと振り返った。

（やっぱり）

ドクンと、健斗の胸の中で大きく心臓が跳ねた。

「え、あ、えーと、あの」

彼氏はブーケを手にまごついている。そのかたわらで、店員は薄く微笑んでいた。

「お、俺と――結婚してください！」

深々と頭を下げて、彼氏は彼女に向かってブーケを差し出した。

数秒ののち、彼女は頰を染めてブーケを受け取った。

「はい」

　わあっと店内が沸いた。拍手が起きる。

「おめでとう」

「よかったよかった」

「あれが手品の上手いバーテンダーか」

　柳の声がする。健斗は応えなかった。黒い手袋をはめた店員だけを見つめていた。

「おめでとうございます」

　店員は今度は女性の方に近づいた。彼女の前にあった空のグラス——さっき彼氏に中身をぶちまけたグラスだ——を手に取る。

「当店からのお祝いです」

　微笑んで言って、ベストの胸ポケットから白いチーフを取り出した。ふわりとグラスにかぶせる。

　カウントを取るとか、スティックでグラスを叩くとか、そんな思わせぶりな仕草は何もなかった。グラスを高く掲げ、傾けながらチーフを取ると、中から白い花びらがあふれ出てきた。ひらひらと、降るように。踊るように。まるで世界が祝福しているみたいに。

　わあっといっそう店内が沸く。淡い照明を受けて、白い花びらがひらひらときらめく。健斗の中で、それは西日に輝く白い花びらになった。

「素敵！　ありがとうございます」

カップルが嬉しそうに笑い合う。きっと彼らの頭の中ではウエディングベルが鳴り響いていることだろう。

健斗の中でも、鐘が鳴った。運命の鐘が。

見つけた。見つけた。見つけた。

（あの人だ）

俺の魔法使い。

「――あの」

大きく足を踏み出して、店員の前に立った。

「はい？」

店員が真正面から健斗を見る。ぐっと喉が詰まって、息がうまくできなくなった。

そうだ、この人だ。切れ長の目。色白の肌。色も形も薄い唇。あの頃は学生服を着ていたけど、すっかり大人になっている。あたりまえだ。もう十年以上前のことだ。けれど記憶のままに――いや、記憶以上に綺麗な人だった。すうっと吸い込まれそうな黒い瞳。

「あの、俺たち、前に会ったことがありますよね？」

「……は？」

細い眉がすっとひそめられた。

まずい。下手なナンパみたいになってしまった。健斗は慌てて言葉を探した。

「えーと、あの、十三年前のことです！　俺、小学生のガキだったからわかんないと思いますけど……川原で会いましたよね」

「十三年前？」

ますます訝《いぶか》しそうな顔になる。健斗はネクタイをゆるめてワイシャツのボタンをはずし、胸元に手を突っ込んだ。

「これ」

引っぱり出したのはネックレスだ。チェーンの先には、青い石。カットも研磨もされていない、ただの石ころだ。それに金具をつけて鎖を通している。子供の頃は小さな布袋に入れて持ち歩いていたが、今はこうして肌身離さず身につけていた。

「これ、あなたがくれました。俺の宝物です。覚えてませんか？」

勢い込んで、健斗は石を店員の目の前に差し出した。

「――」

店員は無表情だった。何か考えているようにも、何も考えていないようにも見える。

そんな顔をすると、よけいに整った顔が際立った。細身で色白で、マネキンかＡＩ搭載のロボットみたいだ。店内のゴシック調のインテリアと薄暗い照明もあいまって、美しい非現実が立っているような気になってくる。

「――申し訳ありませんが」

非現実が口をひらいた。

「記憶にありませんね。人違いをなさっているんじゃないでしょうか」

整った顔の整った唇から吐き出される冷たい言葉は、ナイフみたいに健斗の心を削いだ。

「で、でも…っ、絶対にあなたなんです。間違いない。だって」

だけど負けなかった。何しろ十三年間探し続けたのだ。もう見失いたくないという一心で、健斗は店員の手をつかんだ。

「この黒い手袋――」

「っ…」

店員の顔色が変わった。

「さわらないでください！」

激しい勢いで、彼は健斗の手を振り払った。まるで火の手につかまれたみたいに。

「――」

健斗は息を呑んだ。

「あ、あの」

「はーい。そこまで」

唐突に視界にピンクの頭が現れた。

ゴスロリ店員が二人の間に割って入ってくる。にっこり笑って、健斗に言った。

「お客様、オーダーがまだのようですが、ご注文は？」

「え、あ」

「真柴、何やってんだよ」

うしろから柳が腕を引いてくる。ゴスロリ店員の圧に押され、柳に引っぱられて、健斗はカウンターのスツールに戻った。

「なに、あの店員、知り合いか？」

「……昔、ちょっと……」

「人違いじゃないのか。そう言ってたけど」

「……」

黒い手袋の店員を見る。彼はすでに落ち着きを取り戻していた。カウンターの中に入って、中年の店員と何か話している。客からオーダーを受けると整った笑顔で応え、飲み物を作り始めた。

「とりあえず何か飲もうぜ。ほら、真柴も頼めよ」

メニューを渡され、上の空で受け取る。適当に、聞いたことのある名前の酒を頼んだ。

その夜は、いつになくハイペースで飲んでしまった。柳がバーテンダーや青い石のことを訊いてくるからだ。ごまかすためにグラスを傾けていたら酔っぱらってしまい、途中から記憶がなくなった。黒い手袋のバーテンダーは、一度も健斗のことを見なかった。

気がつくと寮の自分の部屋で、スーツのままベッドに突っ伏していた。柳が連れ帰ってきて部屋に放り込んだんだろう。

アルコール浸しの頭で、夢を見た。それもよく覚えていない。ただ、とてもなつかしくて、とても苦しくて、でもとても優しい――そんな夢だった気がした。


十二歳の頃、健斗《けんと》は人生のどん底にいた。

たった十二年しか生きていないのにどん底なんてと、大人は言うかもしれない。でもほかの人生は知らないし、健斗の経験した十二年の中で、やっぱりそこはどん底だった。この先に明るい未来なんて、ひとつもないような気がしていた。

少し前に、父親が死んだ。事件の被害者になって殺されたのだ。

能天気なくらいの明るい人だった。声が大きくて、大きく口を開けてよく笑う。キャンプや釣りが好きで、よく連れていってくれた。母親は反対におとなしい人だったが、だからこそバランスが取れていたのか、家の中はうまくいっていた。

それが、めちゃくちゃに壊れた。ある日突然。なんの前触れもなく。何かをしたわけでも、しなかったわけでもないのに。

道を歩いていて、車が突っ込んできたのだ。交通事故じゃなかった。意識のある人間が、意思を持って歩道に車で突っ込んできた。そして父を含む数人を車で撥《は》ね、建物にぶつかって止まると、今度は刃物を持って暴れ出した。暴れながら車道に飛び出て、車に轢《ひ》かれて死亡した。

十二歳の健斗には、ムサベツサッジンの意味が理解できなかった。言葉の意味はわかる。でも、わからない。ムサベツにころす？　どうして？　なんで？　お父さんは何もしてないのに。ただ歩いていただけなのに。

犯人は死んでしまった。健斗の問いには誰も答えてくれない。

二人が亡くなり、怪我人《けがにん》が多数出て、世間は騒然となった。ただ事件が起きてすぐのことは健斗はよく覚えていない。あんまりにもショックが大きいと、機械がショートするみたいに人間もショートしちゃうんだと、健斗は身をもって知った。

健斗にとっては、ただ、嵐だった。嵐のただ中に放り出されたみたいだった。もみくちゃにされる以外、なすすべがなかった。

家には入れ替わり立ちかわり、いろんな人がやってきた。そしていろんなことを言う。そのどれもが、暴風雨の向こうで鳴っているみたいに遠かった。

家にはマスコミもやってきた。父親と犯人との間にはなんの関わりもなかったので、警察の聴取はすぐに終わったけれど、代わりにマスコミが父親のことを調べたてた。調べたてて、書きたてて、美談にして持ち上げる。どうしてお父さんの写真や生い立ちが報道されなくちゃいけないのか、やっぱり健斗にはわからなかった。お父さんがどんな父親だったのか、それは健斗だけが知っていればいいことなのに。

『ほんと、奥さんと子供さんが気の毒でねえ。仲のいいご家族で、とても元気のいい子だったのに』

テレビでそう話していた年配の人には、近所の住人とテロップがついていた。健斗はよく知らない人だった。

同じ学校の生徒で、目元を隠してテレビに出た子もいた。たぶん隣のクラスの子だと思うけど、喋《しゃべ》ったこともない。『とてもかわいそうだと思います』と答える口元は笑う形に似ていた。

母親はテレビもインターネットも見たがらなかったけど、学校を休んで部屋に閉じこもっていると気になって、健斗は父が使っていたノートパソコンをこっそり持ち出して見ていた。世間は健斗と母親に同情している。そしてマスコミの過剰な報道を批判している。だけど「遺《のこ》されたお子さんの気持ちを思うと胸が痛みます」とSNSに書いていた人が、そのすぐあとにスイーツの写真をアップしているのを見ると、世間ってなんなんだろうと思うようになった。なんの関係もない人たちなのに、どうしていろいろ言ってくるんだろう。ほんとはどうでもいいなら、放っておいてくれたらいいのに。

結局みんな他人事《ひとごと》なんだと、十二歳の頭で、健斗は思った。みんな、結局は自分のことが一番大事なんだ。自分がいい人間だって言いたいだけなんだ。

もともと神経が細い母親は、すっかりまいってしまった。寝込むことやぼうっとしていることが多くなり、家の中は荒れていった。

最初のうちは、祖父母や親戚や母の知り合いが助けてくれた。けれど母の実家は遠方で、祖母には持病がある。父方の実家とは、何か事情があったのか、あまりつきあいがなかった。他の人たちにだって自分の生活がある。だんだん来る人は減っていった。

しかたがない、と健斗は思う。だってやっぱり他人事だから。できることは健斗がやったけど、うまくできないことも多かった。

「ごめんね」

母は謝る。青白い顔で、繰り返し。どうして母が謝らなくちゃいけないのかわからない。謝られるたびに、泣きたくなった。

学校に戻ると、学校の中にも小さな嵐が起きていた。ただこの嵐は健斗を遠巻きにして渦巻いていて、健斗の周囲は静かだった。台風の目の中にいるみたいに。友達も先生も、ぎこちない態度で接してくる。世間の目と同じ「かわいそうな子」にされているみたいで、息が詰まった。

台風にもみくちゃにされるのも、台風の目にいるのも、どっちも苦しかった。苦しくて、寂しくて、息がうまくできない。

学校にはいたくない。家にも帰りたくない。

そんな時、健斗は川原に行くようになった。家からも学校からも離れた川で、知っている人に会うことはない。ゆったりした大きな川で、水鳥がやってくる。夕暮れになると空が茜色《あかねいろ》に染まり、西日が水面できらきらと光る。

その光を見ていると、呼吸が楽になった。心も楽になって、すうっと溶けていく気がした。溶けて、体から流れ出ていく。周りの景色と混じり合って、どこまでも広がっていく。自分がなくなっていくみたいで――それが心地よかった。

このまま体も溶けていっちゃえばいいのに。

そんな時、彼に出会ったのだ。


カラスが鳴いている。

「かーらあすー、なぜ鳴くの……」

都会のカラスはどこに帰るのかな。ふと、そんなことを思った。

聴くともなしに知っていたこの歌は、カラスは山に七つの子がいるんだと歌っている。だから日が暮れると、カラスは山に帰るのだ。

でも、ここは街中だ。大きな川の河川敷で広々しているけど、周りは住宅街だし、近くに山はない。だけど住宅地にもビル街にもカラスはいる。山から遠く離れた都会のカラスは、どこに帰っていくんだろう。

「カラスはやーまーにー、かーわいーい……」

健斗は土手に大の字になって寝転がっていた。夕暮れ時で、陽《ひ》が沈みかけている。こうして寝転がると、視界は一面夕焼け空だ。ほかには何も見えない。雑草が生い茂っているので、横になれば誰からも健斗の姿は見えない。

カア、カアとカラスが鳴いている。

やけにカラスが多いなと思った。この川原には最近は毎日のように来ているけど、昨日まではもっと広い場所で水鳥を眺めていた。けれどどこかのサッカークラブが来るようになって、場所を移動したのだ。大きな鉄橋があって平地が少なく、土手には草がぼうぼうに生い茂っている。人はあまり来ない。

(もしかして橋に巣があるのかな?)

カラスの巣って見たことがないけれど、都会ではこういうところにあるのかもしれない。ツバメが軒下に巣を作るみたいに。健斗は草むらから上体を起こして橋の方を見た。

「うわ」

いつのまにか、空にはカラスの群れが集まっていた。

空は夕暮れに染まり、漂う雲の下側は夕陽に赤く照らされている。その上の空は、夜に移り変わっていく青紫色だ。グラデーションになった鮮やかな色彩の中を、たくさんの黒い鳥が飛んでいる。

不吉なような、でもとても綺麗《きれい》なような。

カラスたちは上空を旋回したり、鉄橋の高い所に並んでとまったりしている。そのうちの数羽が地上に降りてくるのが見えた。目で追っていくと、そこに人がひとり立っていた。

鉄橋のすぐ近く、こちらに背中を向けている。カラスと同じように黒いシルエットなのは、黒い服を着ているかららしい。

夕闇に目を凝らして、それが学生服だとわかった。シルエットも大人のものではなく、ほっそりしている。中学生か高校生だ。年上だけど、健斗と同じ、まだ子供だ。

(何をしてるんだろう)

彼の足元では数羽のカラスが地面をつつくような仕草をしたり、ちょっと羽ばたいて、また降りたりしている。ハトに餌をやっている人みたいだ。とりあえず襲われているわけじゃないらしい。

と、その黒いシルエットが、すっと片手を上げた。

すると、上空で群れをなしているカラスの中の一羽が、すうっと糸で引かれたように降りてきた。学生服の少年は腕を肩の高さに上げている。その肘のあたりに、ばさりと着地した。

(すごい)

まるで鷹匠《たかしょう》みたいだ。前にテレビで見たことがある。カラスでそんなことをする人がいるなんて。

カラスって嫌われ者だ。全身真っ黒で不吉な感じがするし、声もダミ声だ。ごみを漁《あさ》って散らかすし、人間を襲うこともある。

でも、綺麗だった。夕暮れと夜が混ざり合う空を背景に、黒い服を着て黒い鳥を腕にとまらせている姿が、一枚の絵みたいだ。魔界の王子様みたいだなと健斗は思った。ちょっと前にやっていたアニメで、そういうキャラクターがいたのだ。

もしかしたら本当に魔物だったりして。きっとカラスは使い魔ってやつなんだ。だとしたら、魔物というのはとても綺麗だ――

見惚《みと》れていると、少年の腕にとまっているカラスが黒い羽をばさりと広げた。

高く舞い上がる。そして健斗めがけて、まっすぐに急降下してきた。

「えっ」

健斗は泡を食った。

羽を広げたカラスはますます大きくて、嘴《くちばし》も真っ黒で大きい。黒い槍《やり》が飛んでくるみたいだ。

「うわっ」

ばさりと視界が暗くなって、健斗は両手で頭を覆った。ばさばさと羽が当たり、巻き起こる風を感じる。

「やめろ！」

鋭い声が飛んだ。

ふっと風がやんだ。羽音が遠ざかっていく。痛みはどこにもなかった。おそるおそる目を開けると、カラスは上空をゆったりと旋回してから、橋の方に飛んでいった。無数の黒いシルエットのうちのひとつになる。

「――」

学生服の少年が、まっすぐに健斗を見た。

中学三年か高校一年か、たぶんそのくらいだ。黒い詰め襟の学生服を着ている。夕闇の中で振り返った顔はぼんやりと白くて、やっぱりこの世のものじゃないみたいに思えた。

「――君」

少年が近づいてきた。健斗は座ったまま後ずさりした。

「ケガはない？」

かがんで手を伸ばしてくる。その時初めて、彼が黒い手袋をしていることに気づいた。まだ寒くないのに。毛糸や革の手袋じゃない。薄い布の手袋だ。

指先が触れそうになって、ぎゅっと目をつぶった。

「っ…」

しばらくは、何も起こらなかった。目を開けると相手の顔が思ったよりも近くにあって、ぎよっとした。

綺麗な顔だ。生きた人間というよりも、なんだか人形みたいだった。さらりとした陶器みたいな肌をしていて、唇の色も形も薄い。目尻がすっと伸びた、少し冷たそうな目をしていた。白い顔の中、真っ黒な瞳だけが濡《ぬ》れたような光を帯びている。その目が健斗を見ている。睫毛《まつげ》が下瞼《したまぶた》に影を落としていた。そんなところまで見えるくらい近くて、ドキドキした。

「――そんなに怖かった？」

「え」

瞬《まばた》きしてから、はっとして健斗は拳で顔をこすった。

最近、自分でも知らないうちに涙がこぼれていることがある。健斗が泣いたら、お母さんが困る。困って、もっと泣いてしまうかもしれない。そしたら家の中はめちゃくちゃだ。お母さんは具合いがよくないから、自分がしっかりしないといけないのに。

「別に、そんなことない」

両目をごしごしとこすって、ぶっきらぼうに呟《つぶや》いた。

「……」

彼は黙ってじっと健斗の顔を見ている。それから、ふっと微笑《わら》った。笑った、んだと思う。きつめの目の目尻がほんの少し下がって、薄い唇の端がほんの少し上がったから。

けれどそれだけで、びっくりするくらい雰囲気が変わった。魔界の王子様から、現実の王子様くらいに。

「髪に何かついてるよ」

「え」

あわてて両手で髪をはらった。さっきまで地面に寝転がっていたから、草か何かついていただろうか。だから笑ったのかな？

「ほら」

少年が黒い手袋の手を伸ばしてくる。健斗の髪から何かをつまみ上げる仕草をして——その指の先に、黄色いたんぽぽが咲いていた。

「あれ？」

健斗はあたりを見回した。このあたりには雑草がたくさん生えているけど、花はあまり咲いていない。それに、今は夏の終わりだ。たんぽぽが咲くのは春じゃなかったっけ？

目をぱちぱちさせていると、彼はまたちらりと笑った。片手でつまんだたんぽぽを、もう片方の手で覆う。

覆っていた手を離すと、黄色いたんぽぽは一瞬で白い綿毛に変わっていた。

「えっ」

健斗はびっくりして身を乗り出した。

作り物じゃない。本物のたんぽぽだ。無数の白い綿毛が小さな球になっている。少年が口をすぼめてふうっと吹くと、綿毛はいっせいに舞い上がった。

「わあ…」

夕暮れは音もなく深まり、いつのまにか夜が街を覆い始めていた。空を染め上げていた色は少しずつ夜に溶け、今は残り火みたいに空の端に滲《にじ》んでいる。空気は青く透き通り、橋の明かりや街明かりがくっきりと際立ってくる。

そんな夕暮れと夜の間を、白い綿毛が飛んでいく。ふわふわと小さく頼りないのに、風に乗って、遠く、遠くへ。

「――」

健斗は口を開けて見入っていた。何かとても不思議な――不思議で、そしてとても綺麗なものを見せてもらっている気がした。

「ま……魔法？」

思わず呟くと、学生服の少年はくすりと笑った。


健斗は毎日橋のたもとに通うようになった。彼は毎日は来なかったけど、気まぐれにふらりとやってくる。

名前は教えてくれなかった。学校も。訊《き》くと、いつもはぐらかす。

「名前なんていいだろ？　魔法使いってことにしといて」

そう言って、唇の片側を軽く上げて笑う。年下の健斗をからかう、ちょっと意地悪な顔だ。冷たくて――でもやっぱり、とても綺麗だ。

今はもう魔法なんかじゃないってわかっている。魔法じゃなくて、手品だ。彼はここで手品の練習をしているのだ。

コインやボールをいくつもいくつも、出したり消したり。そういう手品用の道具だけじゃなく、彼はそこにある物を使う。中でも花を使う手品が得意で、「華やかで見栄えがするし、みんな喜ぶだろ」と言っていた。たんぽぽも目立たない場所にひっそりと咲いていたらしい。一年中咲くたんぽぽもあるんだと、健斗は初めて知った。

手にはいつも黒い薄い手袋をつけている。十本の指はしなやかに、それ自体が独立した生き物みたいに動く。見つめていると目が眩《くら》んでしまって、タネも仕掛けも見破れない。

どうして手袋をしているのかと訊いたら、「指紋を残さないため」という答えが返ってきた。冗談なのか本気なのかよくわからない。彼はいつもこうやって健斗を煙《けむ》に巻く。

「ほんとは手袋にタネや仕掛けを隠してるんじゃないの？」

「じゃあ確かめてみる？」

そう言って手袋をはずして渡してくれたけど、引っくり返してみても、タネも仕掛けもなかった。それよりも手袋のない彼の手が白くて、指が細くて長くて、ドキドキした。

「おかしいなあ。絶対タネがあるはずなのに」

「じゃあ、勝負をしようか。健斗が勝ったら、種明かしをしてやるよ」

「やる！」

「OK。よーく見てて」

彼は銀色のコインを取り出した。親指にのせて、勢いよくはじく。真上に飛んだコインはくるくる回転しながら落ちてくる。それを手の甲でパシッと押さえた。

「さあ、表か裏か？　顔がある方が表だよ」

「えっ、うーん」

よーく見ててもわからなかったけど、でも確率は二分の一だ。健斗ははりきって「表！」と答えた。

彼はちらりと微笑う。手の甲を押さえている手を、ぱっと離した。

「あれっ」

そこにコインはなかった。さっき、たしかに手の上で押さえたはずなのに。

「なくなっちゃったよ」

「どこに行ったんだろうな」

彼は学生服のポケットを探し出す。つられて健斗も自分のズボンのポケットを探った。右のポケットからはくしゃくしゃのハンカチが出てきた。左のポケットからは、くしゃくしゃに丸めたプリント。紙の端に赤い数字が書かれている。

「なんだこれ。テスト？」

あっと思う間もなく、彼に取られてしまった。今日返ってきた算数の小テストだ。点数が悪かったので、丸めてポケットに突っ込んでいた。

「三十八点。健斗、算数苦手なのか？」

「もう！　返してよ」

彼は意地悪な顔で笑う。手を伸ばして取ろうとしたけど、相手は中学生で身長差がある。彼はにやにやしながら答案用紙をひらいた。

「――裏だ。俺の勝ちだな」

「えっ」

答案用紙を広げると、そこにコインがあった。建物のレリーフがある方が上になっている。裏だ。

「ええっ、うそ！」

「あっは！」

健斗が目を丸くすると、彼は声をあげて笑った。

手品が成功して健斗が驚くと、彼は嬉《うれ》しそうに笑う。口を大きく開けて、とても楽しそうだ。人形みたいな印象がひっくり返って、こっちまで楽しくなる。

その顔が、好きだった。騙《だま》されたのにちっとも嫌じゃない。騙されるのが嬉しいなんて。

ずっと見ていたくなる。

彼が川原に来ない日は待ちぼうけになった。彼がいないと、カラスもなんだか寂しそうに見える。

「カラス、飼ってるの？」

群れでやってくるカラスの中で一羽だけ、彼になついているように見えるカラスがいた。彼が来ると、嬉しそうに上空で旋回する。腕を伸ばすと、鷹匠の鷹みたいに腕に降りてくる。

「飼ってない。でも、前にケガして飛べないでいたのを助けたことがあるんだ。ケガが治るまで餌をやってたら、俺を見つけると飛んでくるようになった」

「へええ。カラスって人の顔がわかるの？」

「カラスはすごく頭がいいんだ」

彼はにっと笑った。自慢するような顔だ。

「脳がニワトリの三倍くらいあるし、犬や猫より賢い。鳥頭っていうのはカラスにはあてはまらない」

「とりあたまって何？」

「三歩歩くとなんでも忘れる頭のこと」

「何それ。でも、それっていいね。嫌なことも忘れられる」

「……」

ちょっと黙ってから、彼は片手で健斗の髪をくしゃりとした。くしゃくしゃとかき回す。たまにこんなふうにされることがあった。ガキ扱いされてるなあと思うけれど、ちっとも嫌じゃない。

「カラスは三、四歳の子供と同じくらいの知能があるって言われてるんだ。人の顔や餌の隠し場所をたくさん覚えられるし、危険を察知して仲間に知らせることもできる」

「へええ」

「三十八点の健斗より頭がいいかもな」

「えー、ひどいなあ」

「はは」

笑う彼を見ていると楽しくなって、健斗も笑った。彼はカラスが好きなんだなと思った。世間の嫌われ者なのに。

不思議な人だった。カラスが好きで、手品が上手で、意地悪で。それから――優しい。

健斗がどうして一人で川原に来るのか、どうして泣いていたのか、彼は一度も訊かなかった。いじめられていると思ったのかもしれないし、健斗はフルネームで名前を言ったから、事件の被害者の子供だと気づいたかもしれない。

でも、何も言わなかった。ただ手品を見せてくれて、驚かせてくれて、笑わせてくれた。笑える。笑うことができる。それがどれだけ救いだったか。

家の中では、笑えなかった。母はいつもつらそうで、泣いてばかりいて、家の中は暗かった。明かりがついていても、真っ暗だった。

学校でも、道を歩いていても、笑えなかった。だって世間は健斗を「かわいそうな子」にしてくるから。笑うなんて、しちゃいけないことのような気がしていた。

だからこの場所が大切だったのだ。嵐の海で溺れている健斗に投げられた、救命道具みたいなものだった。彼がいたから、どうにか息ができたのだ。

そんな時間が壊れたのは、突然だった。

いつものように川原に寄ってから帰ると、マンションの前に救急車が停《と》まっていた。人だかりができていて、もう陽が落ちて暗い中、赤いライトが悪い夢のように光っていた。

人だかりの中に隣の部屋のおばさんがいて、怖い顔をして健斗の肩をつかんだ。

「健斗くん、お母さんが」

心臓がぎゅうっとなった。

救急車のそばから、スーツ姿の男の人が駆け寄ってきた。「健斗くん」と呼ぶ。知っている人だ。警察の人だ。

父の事件を捜査している刑事さんじゃない。警視庁の少年センターというところから来た人だった。

警察の人は、刑事さんも少年センターの人も、健斗たちには丁寧に接してくれた。被害者の家族だし、子供だからだろう。中でも少年センターの人は親切で、健斗のことを気遣ってくれた。未成年に対応する部署の人らしい。マスコミの取材が過熱していた頃には、出ていって取材陣を散らしてくれたり、母親や健斗を車で送ってくれたりした。報道が減り、家にあまり人が来なくなってからも、時々様子を見に来てくれていた。

その少年センターの人が見つけたらしい。母親が手首を切って倒れているところを。

「お母さん、このところずいぶん調子が悪そうだったから心配してたんだ。食事もあまりきちんとされてないみたいだったし。暗くなったのに電気がついてなくて、でも窓が開いてたから気になってね。管理人さんに頼んで鍵を開けてもらったんだよ」

健斗は少年センターの人と救急車に乗った。横たわった母の顔は青白くて、皮膚がなんだかゴムみたいで、警察署の中で見た父の顔を思い出した。それまで思い出さなかったのに。記憶の底にぎゅうぎゅうに押し込んで、忘れたふりをしていたのに。

「大丈夫。命に別条はないって。お母さん、疲れてしまったんだね。しばらく入院して、ゆっくり休んだ方がいい」

少年センターの人は終始穏やかに話した。父よりだいぶ年上の人だ。健斗の代わりに病院の人と話してくれて、母の実家に連絡してくれた。その日はひと晩中、朝まで一緒に病院にいてくれた。

健斗はずっと、怖い夢を見ているみたいだった。

ぐるぐると頭の中で渦が回る。真っ黒な渦だ。どうして。どうして。どうして。飲み込まれそうで、息ができなくなる。

母親はそのまま入院することになった。田舎から祖母が駆けつけてきて、しばらく滞在することになった。

健斗が川原に行ったのは、母が入院してから一週間後のことだ。

たった一週間なのに、ずいぶんひさしぶりな気がした。毎日、学校に行って病院に行って家に帰るの繰り返しで、周囲に同情され、母に謝られ、祖母に心配されて——健斗は疲れていた。ただもう、疲れ果てていた。祖母は健斗を一人にしないよう気をつけていて、その目を盗んで、やっと家を出てこられたのだ。

このままじゃ息ができない。

いなかったらどうしようと思った。夕暮れ時で、線香花火の玉みたいな太陽が空の底に滲んでいた。あたりは西日に染まっていて、その光の中に黒い学生服の背中を見つけた時、涙があふれ出た。それまで、どこにも行き場のなかった涙が。

泣くなら、ほかのどこでもなく、ここで泣きたかった。

「どうしよう……」

振り返った彼は、驚いた顔で目を見ひらいた。でも何も言わず、健斗の前に片膝をついた。

「どうしよう、俺のせいだ……」

「――何が？」

訊き返す声も表情も静かで、いっそ冷たいくらいで、その冷たさが心地よかった。

「お、俺が…っ」

心の底の蓋が割れて、押し込めていたものがあふれ出てくる。いったん解放されると、涙も言葉も次から次へとあふれてきた。

「俺が、お母さんを一人にしたから……っ。お母さんのそばにいなかったから。い、一番つらいのは、お母さんなのに」

あの日健斗が川原に行かなければ、母は手首を切らなかったかもしれない。母を一人にしちゃいけなかった。もっとそばにいて、支えてあげなくちゃいけなかった。自分だけが救命道具にしがみつくんじゃなくて。

「お、おれ、俺が自分勝手だから…っ」

もう自分でも何を言っているのかわからなかった。涙がとめどなくあふれてきて、言葉も止まらなくて、つっかえながら、しゃくり上げながら、健斗は話した。お父さんの事件のこと。お母さんのこと。自分のこと。順番めちゃくちゃで、支離滅裂だっただろう。彼は黙って聞いていた。

「どうしてこんなひどいことが起きるの？」

言ってもしょうがないことはわかっている。訊いても答えなんて返ってこないことは知っている。世の中はどうしようもないことばかりで、小学生の自分には何もできないのだ。

でも、訴えたかった。どうして。どうして。どうして。彼になら、それができた。学校の先生やカウンセラーの人より、テレビやネットで好きなことを言っている人より、彼は健斗のそばにいてくれたから。

「……ひどいことはいくらだってあるんだよ」

こんな時でも、彼の顔は綺麗だった。そして静かな表情で、突き放すようなことを言う。けれど頬の涙を拭ってくれる手が優しくて、見つめてくる瞳が綺麗に澄んでいて、それだけでぐちゃぐちゃの心が少し静まった。

「でも、綺麗なものもきっとあるから」

彼は片手で健斗の髪をくしゃりとした。小さな子供みたいに扱われている気がして、今日はことさらそれが嬉しかった。

「見てて」

そう言うと、彼は健斗のパーカのフードの中に手を差し入れた。黒い手袋の手。そこから何かをつかみ取るような仕草をして、ひらひらと手を動かす。五本の指がなめらかに動くさまが綺麗で、目を奪われてしまう。見惚れているうちに、手の中に白い花が現れた。

「わあ」

まるで健斗のフードの中から取り出したみたいだ。花びらが何枚も重なった、とても綺麗な花だった。だけど彼の手はぐしゃりと花を握りつぶしてしまう。

「あっ」

声をあげると、彼は小さく笑う。立ち上がって、握った拳を高く掲げた。ふわりと手をひらくと、花びらがひらひらと頭の上に降り注いできた。

「わ…」

彼が手をひらめかせるごとに、湧き出るように花びらが降ってくる。次から次へと、何枚も何枚も。とても花ひとつ分とは思えない。花吹雪みたいに、雪みたいに、風に吹かれて舞い落ちてくる。

「……きれい」

いつのまにか涙は止まっていた。魔法みたいだ。夕焼けに染まった空の下、自分の上だけに花が降ってくる。白い花びらが西日に輝いている。花びら越しに、魔法使いが笑う。彼の手にかかると、世界はきらきらと輝く、とても美しい場所に思えた。

「こんなにきれいなもの、見たことないよ」

「……綺麗なものはたくさんあるんだよ」

彼は身をかがめて健斗の目を覗《のぞ》き込んできた。夜を映す窓のような、真っ黒な目。瞳に健斗が映っている。すうっと吸い込まれそうだ。

「君の中にも」

もう一度、健斗の胸から何かを取り出すような仕草をする。くるりと拳を返して手をひらくと――そこには、小さな青い石がのっていた。

「石だ」

健斗は目を見ひらいた。

「綺麗な石だね。宝石みたいだ」

濃く深い青の、とても綺麗な石だった。角が丸いしずくのような形をしている。群青色の空みたいな――そうだ、陽が完全に落ちる前の深い空の色だ。

「外国には、宝石を握って生まれてくる赤ん坊の伝説がある」

彼は健斗の片手を取ると、手のひらに小石をのせてくれた。すべすべしていて、ちょっと冷たい。川原か川底で拾った石なんだろう。彼はそこにあるものを手品に使うから。

でも、宝石に見えた。宝石だと思った。真っ暗で、心の行き場がどこにもなくて、押しつぶされそうだった胸のうちから、彼が取り出してくれたのだ。魔法のように。

「人はみんな、自分だけの宝石を持って生まれてくるんだ」

手をかぶせて石を握らせて、彼は言った。

「目には見えない。大きさも色も形もわからない。他人の石とは比べられないし、お金には代えられない」

健斗は指先で石を持って、空にかざしてみた。西日を照り返して、きらりと光る。

「でもそれは、いつだって胸のうちで輝いている。暗い夜でも、一人の時も」

涙が流れ落ちた。だけどさっきまでの苦しい胸から絞り出した涙とは違う。健斗の心を洗うように、頬をあたためるように、静かに流れていった。

「自分だけの宝石を胸の中に持っていれば、真っ暗な中でも迷わない。石が行き先を教えてくれるから」

「どうやって教えてくれるの？」

彼はにこりと笑った。

「光るんだよ」

「光る？」

「きらきらしたものを見たり、夜空に花火が上がるのを見ると、楽しい気持ちになるだろう？心が明るくなって、わくわくした気持ちにならないか？」

「……なる」

「それと同じように、君の中の石が光ると、君は楽しい気持ちになる。わくわくする。どうしたらいいかわからなかったり、どっちへ行こうか迷った時は、心が明るくなる方を選べばいい。たとえそれが大変なことでも、難しいことでも、人と違っていても、心がわくわくして目の前が明るくなることなら、間違ってない」

「明るくなる方へ……」

涙はいつのまにか止まっていた。健斗は手の中に石を握った。ひんやりしていた石は健斗の体温と同じになって、小さく、でもたしかな質感を伝えてくる。

「世界がどんなに暗くても、ひどいことが起きても、どこかにきっと光はある。だから、石が教えてくれる方へ進めばいいんだよ。それが健斗の進む道だから」

光の方へ――

あの石を握らせてくれたから。彼がいてくれたから、健斗はここまで歩いてくることができたのだ。

けれど彼に会ったのは、その日が最後になった。

母の手首の傷はじきに治ったけれど、心の方の傷は治らなかった。それで、落ち着いた環境でゆっくり休んだ方がいいということになり、母と健斗は母の実家に引っ越すことになった。

母のことや今後の生活のことでは、たくさんの人が力になってくれた。病院の人や警察の人や、お役所の人や弁護士の人や。健斗には難しいことはまだわからなかったけど、とりあえずしばらくはお金の心配はしなくていいことと、心の病気のお医者さんが母を診てくれるということはわかった。それで充分だ。

引っ越しや転校で、健斗の周囲は慌ただしくなった。それに祖母が心配するから、あまり寄り道はできない。ようやく川原に行けたのは、引っ越しの前日だった。

でも、会えなかった。陽が沈んであたりが真っ暗になるまで待ったけど、彼は現れなかった。ただカラスが群れて鳴いていただけだ。そのカラスも、暗くなるとどこかへ姿を消してしまった。

母の生まれ故郷は、地方の山あいの小さな町だ。畑と田んぼが広がり、学校は小学校と中学校しかない。そのぶんのどかで、たくさんの自然と周りの人たちのおかげで、母も健斗も少しずつ平穏を取り戻していった。

学校の近くに空手を教えてくれる道場があったので、健斗はそこに入った。師範は父のように声の大きな人で、父よりずっと厳しかったけど、父みたいに優しかった。中学に上がると、剣道部に入部した。部員が四人しかいなくて団体戦にも出られない弱小部だったけど、楽しかった。空手も続けた。

強くなりたかった。自分を守るためにも、大切な人を守るためにも。強くなれば、きっと誰かの力になれる。子供の自分にはできなかったことができるようになる。

明るい方へ。光が教えてくれる方へ。

健斗が中学を卒業する頃には、母はずいぶんよくなっていた。祖父母の畑仕事を手伝っていたせいか、前より元気になったくらいだ。

けれど畑は家で食べる野菜を作る程度だし、このあたりには母が働けるような場所がない。健斗が高校に通うにも、電車で何時間もかかる。健斗の進学と母の職探しのため、母子は東《とう》京《きょう》に戻ることにした。

　さいわい父の上司だった人が仕事を紹介してくれて、母は小さなメーカーで働き始めた。余裕のある暮らしではないけれど、なんとかやっていけている。健斗は高校でも剣道部に入り、部活のあとにコンビニエンスストアでバイトした。空手の道場も見つけて、休日に通った。

　高校を卒業する時、母からは進学を勧められた。父が遺してくれた保険金もあるし、奨学金制度もあるからと。だけど健斗は早く働きたかった。早く大人になりたい。大人になって、自立して、誰かを助けられる人間になりたい。子供だった自分が、たくさんの人に助けられたように。

　健斗にとっては、安全な場所にいて気まぐれな同情を向けてくる赤の他人よりも、現実に手を貸してくれる警察や公的な機関の方が、ずっとありがたかった。優しかった。救われた。たとえそれが仕事でも。いや、仕事だからこそ、手を引っ込めないでいてくれるのだ。

　だから、警察官になろうと思った。それを仕事にしようと思った。安全な場所から口だけ出すんじゃなくて、危ない場所に、汚れた場所に、自分も立とうと思ったのだ。

　そしていつか、この手で誰かを救えたら。

　そうやって、健斗は警察官になった。

（この道だ）

ひったくりの捜査で防犯カメラのチェックをして、署に戻る途中だった。見覚えのある裏路地を見つけて、健斗は足を止めた。

午後から雨が降り始めていた。厚い雲に覆われて空は暗く、すでに街灯が灯《とも》り始めている。明かりの届かない路地裏はますます暗い。

まだバーが開くには早い時間だった。雨降りの夕方で、繁華街の人出はそれほど多くない。花岡《はなおか》とは別行動だったが、あとは署に戻って書類を書くだけだ。

ちょっと確認するだけ、と健斗は路地に足を踏み入れた。

あれから数日がたっていた。忙しくてすぐに行くことはできなかったが、健斗はネットで『Magic hour』を調べてみた。柳《やなぎ》が言っていたとおり、店の情報はどこにも載っていなかった。ちらほらと個人の口コミがあるだけだ。いつから営業しているのか、柳にもわからないという。

薄汚れた路地をたどり、幽霊ビルにたどりつく。雨降りの陰った景色の中、明かりのない古いビルはますます陰鬱に見えた。とても営業している店があるようには見えない。

ビルの横手の路地に入ると、地下の入り口のライトもついていなかった。そのせいで階段はひどく暗い。健斗はスマホのライトをつけて階段を下りていった。

地下にたどり着く。玄関横のライトもついていなくて、ドアノブにＣＬＯＳＥＤのプレートが下がっていた。

（そうだよな）

まだ開いていない。会えない。わかっていても、すぐには立ち去れなかった。

だって、やっと見つけたのだ。ずっと探し続けた魔法使い。この手に光を握らせてくれた、健斗の恩人。

東京に戻ってきた時、健斗はすぐにあの川原に行ってみた。引っ越した先は川原からは遠かったけど、時間を見つけて何度も行った。

でも、会えなかった。川原の風景はあの頃と変わらず、カラスも群れて飛んでいたけれど、何日待っても、夜まで待っても、彼は現れなかった。

しかたがない。中学生だった彼も、高校生に、そして大人になっている。引っ越しだってするだろう。健斗は彼の名前も学校も、どこに住んでいたのかも知らないのだ。

それでも、諦められなかった。あんなに手品の上手《うま》い人だから、マジシャンになっているかもしれない。そう考えて、マジシャンの出るテレビ番組は欠かさずチェックして、国内でマジックの大会やイベントがあると足を運んだ。プロのマジシャンや愛好家、高校や大学の奇術クラブをつかまえて、片っ端から彼のことを訊いて回った。奇術用品を扱う店にも行った。

大人になると、マジックバーにも行ってみた。マジックを売りにしたバーだ。そこでも店員や客に訊いて、彼を捜した。

だけど見つからなかった。それっぽい人物も、噂《うわさ》すらも。最近は忙しさのせいもあって、ちょっとくじけかけていたのだ。

（でも、会えた）

閉まったドアの前で、健斗は傘を握り締めて目を閉じた。ひたひたと喜びが胸に満ちてくる。

本人には否定されたけど、間違いない。あの人だ。やっと見つけた。やっと会えた。もう見失わない――

その時だ。うっとりと感慨に浸っている健斗のひたいに、いきなり開いた玄関ドアが激突した。

「ッ！」

目の裏で火花が散った。

「あれ？」

何しろ重厚なドアだ。重くて硬い。くらっと視界が回り、足がよろけた。

「うう」

視界をピンク色がかすめる。ピンク色は火花と混じり合い、頭の中でちかちかと点滅し、花火のように弾《はじ》けた。

「えっ、ちょっと…」

誰かの手が伸びてくる。けれどふらついた体には届かず、健斗はそのまま真後ろにばったりと倒れた。

「災難だったねえ」

「はあ…」

苦笑いしながらマスターが渡してくれた冷たいおしぼりをあてると、ひたいがじんじんと痛んだ。たんこぶができそうだ。

バー『Magic hour』はまだ開店前だ。店内には健斗の他に、三人の人間がいた。

「だってあんなとこに人が立ってるなんて思わないじゃん。まだ開店前なんだしさ」

ピンクの髪の店員がむっとした口調で言う。今日も髪はピンク色だけど、服装はカジュアルなジーンズ姿だった。これから着替えるのかもしれない。

「服、どうしようか。そのままじゃ街を歩けないだろう」

そう言うマスターは、この前の夜と同じ白シャツに黒ベスト、ネクタイという、これぞマスターという格好だ。彼はピンクの髪の店員にもマスターと呼ばれていた。

「そうですね……」

健斗は途方に暮れて自分の姿を見下ろした。

倒れたところは地下だが、ドアの前に水たまりができていた。健斗が持っていた傘から落ちた水滴もあるし、傘立てに傘が入っていたから、人の出入りがあったんだろう。表側はなんともないが、背中と尻が濡れている。グレーのスーツなので、よけいに目立った。ジャケットは脱げばいいが、スラックスがこれでは……

「漏らしたみたい」

カウンタースツールに座っている男の子がぼそりと呟いて、ぷっと吹き出した。

前は見なかった顔だ。ピンクの店員と同じくらいの年格好で、こちらは男の子だ。ジーンズにぶかっとしたマウンテンパーカを着て、首に大きなヘッドフォンをひっかけている。店員じゃないのかもしれない。マッシュというのか前髪が厚くて長くて、顔がよく見えなかった。

「乾かした方がいいね。ちょっと待って」

カウンターの奥を出たところに、ＳＴＡＦＦ ＯＮＬＹのプレートの貼られたドアがある。マスターはそのドアから出ていくと、すぐに戻ってきて、健斗にドライヤーとバスタオルを手渡した。

「クリーニングに出した方がいいだろうけど、とりあえずこれで乾かしたら」

「ありがとうございます」

髭《ひげ》のマスターは三十代にも五十代にも見えて年齢不詳な感じだが、人あたりのいい、親切そうな人だった。コートかけを使ってと言われたので、健斗はジャケットを脱いでハンガーにかけた。腰にバスタオルを巻いて、スラックスも脱ぐ。ものすごく間抜けな格好だが、しかたがない。

スラックスもコートかけにかけて、ドライヤーの温風をあてる。ブオオオと大きな音が店内に響き渡った。

「だいたいさあ、なんであんなとこに突っ立ってたわけ？」

カウンターにぞんざいに頬杖《ほおづえ》をついて、ピンクの店員が言った。

「表のライトだってまだ点《つ》けてないしさ……あっ、わかったっ！」

大きな声をあげると、店員はぴょんとスツールから下りて、健斗に人差し指を突きつけた。

「あんた、ストーカーでしょ！」

「えっ」

「こないだだって玲《れい》ちゃんの手握ってたしさ。前に会ったことあるよねってナンパかっつの」

「ち、違います」

健斗は慌ててドライヤーを止めた。

「玲ちゃん、綺麗な顔してるもんね。お客さんによく言い寄られてるしさ。男はめずらしいけど」

「違いますよ！　ほんとに前に会ったことがあって……あの」

唇を湿して、健斗は訊いた。

「あの人、れいっていうんですか？」

ピンクの店員はちょっと黙る。それから、さらに声を張り上げた。

「ほら、やっぱりストーカーじゃん！」

「ええっ、いや、ちがっ」

「名前も知らない間柄のくせにつきまとってんの？　気持ちわるーい。変態！　ストーカー！　マスター、警察呼んで！」

「ちょっ、ま、待ってください」

まずい。警察なんて呼ばれたら新宿《しんじゅく》署が来てしまう。ていうか俺が警察だ。

「違いますって！　ただずっと捜してて、やっと会えたから、だから」

「だって十三年前って言ってたよね。それでずっと捜してたとか待ち伏せとか、完全にストーカーじゃん。ブルー、こいつの顔写真撮ってよ。通報しなくちゃ」

「りょーかい」

（ブルー？）

ブルーと呼ばれたヘッドフォンの子がスマートフォンを向けてくる。カシャッとシャッター音がして、健斗はさらに慌てた。

「や、あの、俺は決して怪しい者じゃ」

「おまわりさーん、ストーカーですよー。ここにストーカーがいまーす」

「やめてくださいよ！　……あれ」

半分おもしろがっていそうなピンクの店員を止めようとして、健斗はまじまじとその顔を見た。

「あれ――君、男の子？」

ピンクの店員はピンクの口紅の塗られた口をぴたりと閉じた。

「だよね。目立たないけど、喉仏あるし。それに……あっちの子とよく似てる」

健斗は振り向いてヘッドフォンの子を見た。同じように、目をぱちりと見ひらいている。前髪が邪魔だけど、正面から見れば顔立ちはわかった。

「似てるっていうか、そっくりだな。双子《ふたご》？　ってことはやっぱり男の子だよな」

前に着ていたワンピースは立ち襟だったからわからなかったけど、ピンクの髪の子にも小さな喉仏がある。二人とも小柄で細身で、化粧と服を除けばそっくりだ。

「あ、気に障ったらごめん。もちろん男の子がスカートはいたっていいよな。似合ってたし」

「……ふーん」

ピンクの子は顎をそびやかして、謝る健斗を見た。

「バカっぽそうな顔してるくせに、あんがい鋭いじゃん」

「バカっぽいって…」

「それで？　あんた、玲ちゃんとどういう関係？　わざわざ開店前に来て、なんの用さ？」

これまでは意識して高めの声を出していたのか、冷めた表情と同時に声が低くなっている。

健斗が口をひらこうとした時、カウンター奥のドアが開いた。

「……るせえな」

ふらっと、人が出てきた。

彼だ。電流が走ったように、健斗はびくりと背中を伸ばした。

「なんだよ、騒がしい……」

かすれ気味の声で呟きながら、乱れた髪をかき上げる。寝起きなのかと思った。もう夕方だけど。

バーテンダーをしていた時はきちんと整えていた髪がばさばさで、目元にかかっている。素肌にシャツをはおっていた。下はジーンズ、裸足にサンダルだ。十一月なのに。

「玲ちゃん、こいつストーカー！」

ピンクの子が、健斗を指差して声を上げた。

「ああ？」

乱れた髪の下から、彼は健斗を見た。

ざわっと、全身の血が沸き立った。

（うわ）

健斗は軽くパニックになった。うわ。なんだこれ。そこにいるだけなのに、その目で見られただけなのに、全身の血が熱くなって、体温が上がる。鼓動が速まる。ボタンをとめていないシャツからのぞく素肌に、さらに心拍数が上がった。

（中学生の初恋かよ）

思って、自分で思い浮かべた初恋という単語にうろたえた。

（ちが、そういうんじゃ）

恩人だから。宝物をくれた人だから、だから。

内心であわあわしている健斗を、その人はうっそりと見る。やっぱり寝起きみたいな眠そうな顔をしていた。

「玲ちゃん、こいつのこと知らないって言ってたよね？」

ピンクの店員が言いつのる。

「ドアの前に突っ立ってたんだよ。なんか悪さしようとしてたのかも。ストーカーだよ、ストーカー！」

「ち、違いますよ！」

健斗はあわてて間に入った。

「あの、俺、健斗です。真柴《ましば》健斗。俺がまだ小学生の時、川原で会ったの覚えてませんか？手品を見せてくれて、青い石を握らせてくれましたよね」

健斗は胸元の青い石をワイシャツの上からぎゅっと握った。

「俺、ずっとあなたに会いたかったんです。会って、お礼を言いたくて……俺がここまで生きてこられたの、あなたのおかげだから」

「……」

その人は何も言わず、じっと健斗を見つめた。切れ長の目の、澄んだ瞳。冷たくて真っ黒な、夜みたいな。

(――ああそうか)

その目を見ていて、わかった。わかってしまった。

俺、この人のことが好きなんだ。

いきなり降ってきた雨に全身で濡れるみたいに。雷に打たれるみたいに。それとも、落とし穴に落ちるみたいに。そんなふうに、全身で、否応なく理解した。

この人が好きだ。

たぶん初恋だったんだろう。あの時はまだ子供だったし、人生のどん底にいたから自覚する余裕もなかったけど。

男同士だけど。再会したばかりだけど。忘れられているかもしれないけど。自分も変わったし、たぶんこの人も変わっただろう。でも。

でも、好きだ。変わっていてもいい。俺のことを覚えてなくてもいい。この人がこの世にいてくれてよかった。出会えてよかった。それだけでも充分だ――

「あの」

ちゃんとお礼を言おう。そう思って、大きく一歩踏み出した時だ。

腰に巻いていたバスタオルが、はらりと落ちた。

「あ」

もちろんパンツははいている。でも上はワイシャツにネクタイ、下は靴下に革靴だ。足にはそれなりに脛毛《すねげ》が生えている。まぬけなことこの上ない。

「――」

無言のまま、彼はすうっと眉を上げた。

「ちっ、違うんです！」

何が違うのか自分でもわからないまま、健斗は急いでバスタオルを拾って下半身を隠した。

「これはあの、ドアがぶつかって、水たまりがあって、濡れちゃって」

焦ってしどろもどろに言い訳をする。と、彼の唇がふっと動いた。

「ふ」

小さな息が漏れた。

「ふ、……ははっ」

「――」

「あっは！」

はじけるように、彼は笑い出した。それまでの気だるげな様子を吹き飛ばすみたいに、大きく口を開けて、声を出して。

そうだった。こんなふうに笑う人だった。その顔を見るのが好きだった。普段は冷たかったり意地悪だったりするけれど、時々、晴れた空のような笑顔を見せてくれる。

「……そのまぬけな顔、変わってないなあ」

笑みの残った顔のまま、彼は健斗に手を伸ばしてきた。

中学・高校でめきめきと伸びたので、今では健斗の方が背が高い。その頭の上にぽんと片手をのせて、彼は言った。笑って。

「大きくなったな、健斗」

「――う」

じわっと、目が潤んだ。

いろんなものがいっぺんに、怒濤《どとう》のように健斗の中に押し寄せてきた。あの頃のつらい日々。つらい記憶。世界に一人きりのような寄る辺なさ。だけど彼に出会って、世界は魔法のように輝いた。

会えなくなった時はとても悲しかった。胸を引き裂かれるようだった。胸を引き裂かれるって大げさな言葉が、本当にその通りだと思い知った。

あれから十三年。つらいことも嫌なこともたくさんあったけど、胸に青い石を抱いて、健斗は歩いてきた。明るい方へ。石が教えてくれる方へ。そうしたら――また会えたのだ。

「あの、名前」

こみ上げてくるものを噛《か》みしめながら言うと、彼は軽く首を傾《かし》げた。

「名前、教えてくれませんか」

あの時は聞けなかったから。

「ああ」

頭の上においた手で、彼は健斗の髪をくしゃっとかき回した。ちらりと微笑う。

「玲だよ。神倉《かみくら》玲」

「神倉――玲さん」

名前を口にすると、胸の中にぽっと火が灯った。火は健斗をあたため、血を熱くする。そして胸の中で燃え上がる。

「俺、ほんとにずっと捜してて……」

こんなふうに笑ってくれたら。髪をくしゃっとして、名前を教えてくれたら。そうしたら、だめになった。もうだめだ。

「会いたかった、です――」

衝動のままに、健斗は彼に抱きついた。

「…ッ」

腕の中で、細身の体がビクッと震えた。

健斗の頭の中では鐘が鳴っていた。祝福の鐘が。白い花びらが舞い散っている。

だから、気づかなかった。彼の体が硬くこわばり、力が入ったことに。

「――さ」

腕の中の体が、ぐっと沈む。

次の瞬間、腹にドカッと、重い衝撃が来た。

「さわんじゃねえ…ッ!」

「ッ!」

健斗は真後ろに吹っ飛んだ。

鉢植えにぶつかり、なぎ倒して一緒に転がる。内臓が喉元にぐうっとせり上がってきた。うずくまって、げほげほと咳《せ》き込む。目に涙が滲んだ。

「れ、玲さん……?」

床に手をついて見上げると、彼は片足を上げたままだった。それで、思いっきり蹴られたんだとわかった。

「あーあ」

ピンクの子の呆《あき》れたような、同情するような、楽しんでいるような声が聞こえた。

「だめだよ、うかつにさわっちゃ。玲ちゃん、人にさわられるの嫌いなんだからさ」

「え?」

まだ混乱していて、脳が現実を受け付けない。だけど拒絶されたということだけはわかった。

それも激しく。

床から見上げる彼の瞳は冷たく、硬く——それでもやっぱり、綺麗だった。

◆

「いいの？　放り出しちゃって。まだスーツ乾いてなかったのに」

頬杖《ほおづえ》をついて言うピンクの顔は、明らかにおもしろがっている。玲は「いいんだよ」とそっけなく返した。

「でもさ、ほんとに前に会ったことあったんだね。十三年前？　それでずっと捜してたとか、すごいね」

「……」

「玲《れい》ちゃん、なんで知らないって言ったの？」

玲はブラックコーヒーをひと口飲んだ。喫茶店を経営していたこともあるというマスターが淹《い》れるコーヒーは美味《うま》い。

「だって小学生のガキだったんだぜ。あんなにでかくなってたら、わかんないだろ」

「そっか」

嘘《うそ》だ。最初はでかくなりすぎててさすがにわからなかったが、青い石を見て、思い出した。

川原にひとりぼっちでいた男の子。初めて会った時、目に涙をためていた。

だから、笑わせたくなったのだ。手品を見せると素直に驚いて、素直に笑ってくれた。だけどがんばって笑っているようなところもあって、放っておけない子供だった。

彼が無差別殺傷事件の被害者の息子だということは、名前を聞いてわかった。当時マスコミが騒いでいたし、被害者の家が近いことも知っていた。どうして一人で川原に来るのかは聞かなかったけど、きっと彼にしかわからない痛みに耐えていたんだろう。小さな体で、必死に。

それが、あんなにでかくなってるとは。

――これ、あなたがくれました。俺の宝物です。

そう言って石を差し出した顔を見て、彼がまっとうに、まっすぐに生きてきたことがわかった。そういう目をしていた。すっかり大人になっているのに、素直な目はあの頃のままだ。

だから、人違いだと言ったのだ。あんなまっとうな人間は、自分に近づいちゃいけない。

(あれで諦めたと思ったのに)

彼がまた来たのは誤算だった。あんまり素直だから、あんまり変わってないから、調子が狂ってしまったのだ。

「でもさあ、玲ちゃんも意地悪だよね。もう来るな、なんてさ。かわいそうに、泣きそうな顔してたよ」

言葉とは裏腹に、ピンクは楽しそうに笑っている。玲は黙って煙草《タバコ》に火をつけた。指に匂いがつくから本当はやめた方がいいのだけど、目覚めの一本と仕事が終わった時の一本だけは自分に許している。

――おまえ、もうここには来るな。

叩《たた》き出すように玄関から出してそう言った時、健斗はひどく傷ついた顔をした。そんな顔をすると、あの頃の面影が重なった。

――どうしてですか。

まっすぐな目で、玲を見る。その目のひたむきさが、厭《いと》わしかった。眩《まぶ》しかった。腹が立った。だから遠ざけてしまいたかった。

俺はこんなに汚れているのに。

「なんかさ、犬みたいなやつだよねえ。玲ちゃんに会ったらしっぽ振って、叱られたらキューンてしちゃってさ。あ、名前も犬みたいじゃん。真柴って、でっかい柴犬って感じ」

ピンクはまだ言っている。どうやら健斗のことをけっこう気に入っているらしい。「柴犬は中型犬だから、そんなに大きくならないよ」とブルーがどうでもいい突っ込みを入れる。

「そうだ、ブルー。この間の依頼人から連絡あったか？」

話を変えようと、玲はブルーに顔を向けた。サンドイッチを食べ終わってコーラを飲んでいたブルーは「あったよ」と頷《うなず》く。

「問題なし。彼氏のスマホから写真は全部消えてたし、復元もできないって。これで安心して別れられるって喜んでたよ。入金も終わってた」

ブルーはスマホを操作して、銀行のオンライン取引の画面を出した。代金の半分は前払いで、残りは成功報酬。そういう契約だ。今回はスマホの写真データを消すだけなので、たいした金額じゃない。残金はきちんと入金されていた。

「じゃ、終了だな」

玲はブラックコーヒーを飲み干した。ようやく頭がすっきりしてくる。

バーの営業時間は、最後の客がいなくなるまでだ。そのあとシャワーを浴びて明け方に寝て、昼頃に起きるというのが普段の生活だった。けれど今日は用事があってそのまま出かけたので、帰ってきてから眠って、睡眠時間は四時間ほどだ。

「最近、多いよねえ、リベンジポルノ」

カフェラテのカップを手に、ピンクが言った。その爪はピンクのネイルとキラキラしたパーツで彩られている。ピンクはピンク色が大好きだ。ソウルカラーなんだそうだ。

「エッチな写真を撮りたがる時点でやばいんだけど、つきあってる時は目が眩《くら》んじゃうからなあ。女の敵だよ」

「まあでも、パソコン持ってない奴《やつ》でよかったよ。家に侵入する手間が省ける」

「僕は満員電車で死にそうになったけどね……」

思い出したようにまたブルーが言うので、玲は苦笑いした。ブルーはひきこもり体質で、人ごみが大の苦手だ。

交際相手やネットで知り合った相手が所持している写真のデータを消してほしいというのは、最近増えている依頼だった。写真をネタに脅されたり、別れた後にネットに流されたりするのを防ぐためだ。相手がパソコンを持っていると面倒だが、スマートフォンだけなら掏《す》るだけで盗める。スマートフォンやパソコンの中身をいじるのは、ＩＴに強いブルーの仕事だ。

「そうだ。新しい依頼が来てたよ」

ブルーが言って、デイパックからモバイルパソコンを取り出した。

「どんなの？」

ピンクが身を乗り出す。

「なんかね、人形を取り返してほしいんだって」

「人形？」

玲は眉を上げた。ブルーはパソコンの画面をひらく。

『あなたの大事なもの、取り返します』

ほとんど装飾のない白い画面に、そんな一文が書かれている。その下には、少し小さな文字でいくつか文章が並んでいた。
・奪われたもの、貸したまま返ってこないもの、あなたの尊厳や生活を脅かすものを取り返します。
・現金は除きます。
・秘密は厳守します。対象者にも、あなたからの依頼だということはわからないようにします。
・依頼を受ける際は事前に調査をします。当方の趣旨に合わないと判断した場合はお断りします。
・依頼の際は、顔写真付きの身分証明書を手に持ち、依頼内容を口頭で説明した動画を送ってください。後日、こちらから連絡します。動画は一定期間が経過したら消去します。
・契約が成立したら、代金の半分を前金として入金していただきます。残金は依頼が完了した時に支払っていただきます。

サイトに載せているのは、これだけだ。あとはメールアドレスが書かれているだけ。たいていの人は、これを見たら首を傾《かし》げるだろう。奪われたものを取り返す？　それは警察や弁護士に相談した方がいいんじゃないか？

このサイトを訪れるのは、そんなまともな手段が取れない人たちだ。法的手段に頼れない。

交渉できない。したくない。そういう人が、口コミやネットの噂《うわさ》をたどってやってくる。

『とられた（取られた、盗《と》られた、撮られた、捕られた）ものを、こっそり取り返してくれる人がいる』――そもそもそんな噂を信じるのは、藁《わら》にもすがりたい人だけだ。サイトは簡単には見つからないようになっているし、管理者がたどれないよう何重にもカモフラージュされている。

どうにかたどりつき、取り返したいものがあったとしても、ほとんどの人は〝身分証明書つきの動画〟の時点で諦める。これは好奇心や冷やかし、釣りをはじくための条件だ。同時に、こちらの身を守る担保にもなる。代金を踏み倒されたり、こちらだけが悪者にならないように。なにしろ依頼の遂行には、超法規的手段を使うのだから。

つまり、盗むのだ。

サイトには書いていないが、依頼をしてくる人はそのことを承知している。だからこそ警察や弁護士ではなく、ここを頼ってくるのだ。

脅迫者からネタを取り返してほしいと依頼してきたのは、とある企業の重役だった。ネタは写真で、彼が秘密のクラブで女装を楽しんでいる姿が映っていた。対象者がデータのコピーを取っていたので少し面倒だったが、無事に仕事を完了した。依頼人にはとても感謝された。

依頼人が取り返したいのは、金銭的価値のあるものとは限らない。ＤＶで逃げている女性が家から持ち出してほしいと依頼してきたのは、ぬいぐるみだった。幼い娘のお気に入りだという。逃げ出す時に荷物になるので置いてきてしまったが、娘が寂しがって情緒不安定になっているらしい。セキュリティの厳重なマンションで、彼女の鍵は使えなくなっていた。夫は在宅勤務でなかなか外出しない。結局、水道管工事を装って入り込んで持ち出した。

退職した会社に置いてきてしまった資料を取り戻したいという依頼は、調査をすると産業スパイのようだったので断った。事前の調査は重要だ。盗みは犯罪だが、犯罪のための盗みはやらない。それがルールだ。

そのルールがネットの底でひそかに知れ渡り、玲たちは一部で義賊のように言われている。いわく、法に頼れず泣き寝入りするしかない人たちを救う、アンチヒーロー。

義賊なんかじゃない、と玲は心の中で冷笑する。自分たちは人助けなんかしていない。ただ、盗むだけだ。

だって、盗めるから。技術があるから、それを仕事にしているだけだ。自分でルールを課しているのは、犯罪者にはなりたくない卑怯者《ひきょうもの》だからだ。

何かを盗んだ時、玲たちは小さなサインを残す。たとえば、カラスの羽根。床や地面にカラスの足跡。データの時は、足跡の写真。それはサインであり、依頼が遂行されたことを依頼人に知らせるメッセージにもなる。

そのサインから、玲たちはこう呼ばれている。

――『取り返し屋のカラス』

「これが送られてきた動画」

玲のそばにノートパソコンを置いて、ブルーが動画を再生した。ピンクもやってきて、隣の椅子に座る。

『私の名前は重森《しげもり》繫《ツナグ》といいます』

映っているのは、スーツ姿の男性だった。三十代後半くらいだろう。片手に運転免許証を持っている。真面目そうで有能そうな、ごく普通のサラリーマンといった感じだ。

『人形作家、重森時子《ときこ》の息子です』

「重森時子…」

玲が呟《つぶや》くと、マスターが「けっこう有名な人形作家で、一部に熱狂的なマニアがいるらしい」と教えてくれた。マスターはすでに動画を見ているんだろう。

『私が取り返したいのは、姉の人形です』

そう言って免許証を下ろすと、依頼人は大判の本をひらいて掲げた。写真集のようだ。カメラに近づけてくる。ブルーが画面を拡大した。

『これは、亡くなった姉をモデルに母が作った人形です』

拡大された画像を見て、玲は軽く目を瞠《みは》った。

非常にリアルで精巧な人形だ。写真なので大きさはわからないが、まるで生きた女性のような存在感がある。それでいて、抜けるような白い肌、夢見るような瞳が幻想的で、非現実的な美しさだった。

　写真は森を背景に撮られている。深い森の中に椅子が一脚置かれていて、振袖姿の人形が腰かけている。それだけで非現実的だ。人形は長い黒髪を垂らしていて、両手を膝できちんと揃《そろ》えている。

『姉の永久子《とわこ》は十九歳でこの世を去りました。この着物は、姉が成人式で着る予定だった振袖をほどいて作ったものです』

　振袖は濃い赤紫の地に桜と牡丹《ぼたん》が描かれた華やかなもので、人形の白い肌を惹《ひ》き立てている。瞳はここではないどこかを見ているように茫洋《ぼうよう》としていて、同時に宝石のような硬質な輝きを放っていた。髪は烏《からす》の濡《ぬ》れ羽色。肌は産毛が生えていそうにふんわりとなめらかで、かすかに開いた唇にはしたたる血のような赤い紅がさされている。

「綺麗《きれい》な人形だねえ」

　うっとりした口振りでピンクが言った。

「この人形、玲ちゃんに似てるよ」

「は？」

　玲は眉をひそめた。お目々ぱっちりの西洋人形とは違う、和風の顔立ちだ。目は一重で切れ長、睫毛《まつげ》はカールしたりせず、ガラスのような瞳に影を落としている。細面で、少し寂しげな顔をした人形だった。

「僕も思った。玲ちゃんがかつらかぶって女装したら、きっとよく似てるよ」

ブルーにまで言われ、玲は「やめろよ」と顔をしかめた。

『姉は生まれつき持病があり、成人式を迎えることができませんでした。母はとても悲しんで……一時期、創作活動がまったくできなくなりました。しばらくたってから作り上げたのが、この人形です』

ピンクは同情する顔をしている。が、依頼人が『人形の髪の一部には姉の遺髪が使われています』と続けると、「げっ」と呻《うめ》いた。「夜中に髪が伸びてそう…」

いわくつきの日本人形を思い浮かべたらしい。けれど古風な日本人形とはまったく違うリアルな造形で、生々しいほどの存在感と美しさがある。マニアがいるというのも頷けた。

『この人形――〝永久子〟はずっと人前には出さず、もちろん売りにも出しませんでした。母はすでに引退しましたが、その後、人形作家・重森時子の集大成として、この作品集が出ました』

この作品集で、〝永久子〟は初めて世に出たということだ。その美しさと、モデルになった永久子の儚《はかな》い生涯、母である作家の思い入れなどがあいまって、人形マニアやコレクターの間では垂涎《すいぜん》の的らしい。

『展覧会に出品してほしい、いくらでも金を出すから譲ってほしいという申し出はたくさんありましたが、母はすべて断ってきました。本当は人目に触れさせたくなかったんです。作品集に写真を載せたのは、姉が生きた証《あかし》をひとつでも多く残しておきたいという気持ちだったようです』

けれどそうして世に出したことで、コレクターに目をつけられる結果となったわけだ。

『──実は、一年ほど前に、私が通勤電車で痴漢の嫌疑をかけられまして』

依頼人の重森繫の声音が変わり、苦しげに顔が歪《ゆが》んだ。

『誓って私は何もやっていません。無実です。ですが自称被害者の女性とトラブルになって……知り合いの弁護士を頼りました。多葉田章夫《たばたあきお》という男です』

その弁護士とは、通っているスポーツクラブで知り合ったという。人あたりがよく、好印象の男だったそうだ。

『今から思えば、全部グルだったんです』

重森繫は今は作品集を膝の上に置いている。その上で組んだ手に、ぐっと力が入ったのがわかった。

『多葉田には、女性の背後には反社会的組織、つまりやくざがいると言われました。法外な示談金を要求され、払わないなら裁判を起こすと脅されて……私は何もやっていませんが、裁判になんてなったら、それだけで社会的ダメージは大きい。家族もいるし、会社での立場もあります。自分がなんとかするからと言われ、私は多葉田にすがってしまったんです』

そして多葉田が提案してきたのが、〃永久子〃を担保に差し出すことだった。

『多葉田が交渉して、示談金は減額されました。それでも一介のサラリーマンがすぐに用意できる金額ではありません。そうしたら、多葉田が人形のコレクターだという人物を見つけてきたんです。彼が〃永久子〃を担保に金を貸してくれる、少しの間だけでも手元に置きたいだけだから、金が用意できたらすぐに返すと約束する、と。とても紳士的な人で、多葉田が博物館の館長だと紹介するので信用してしまった。母は持病が悪化して施設に入っていて、人形は私が管理していました』

いっぱしの詐欺師だな、とマスターが苦笑いした。

「最初に高額な金をふっかけてさんざん脅し、後から譲歩する。そうすると、それで面倒を避けられるなら、という気分になるんだ」

ところがその博物館の館長は、真っ赤な偽者だった。どうにか金を用意して人形を取り戻そうと連絡すると、館長はまったくの別人だった。慌てて多葉田に訴えたが、彼も偽者とは知らなかったと言う。〃永久子〃は失われてしまった。

『けれど母のファンの人から、多葉田こそが人形コレクターだと教えてもらったんです。それも重森時子の熱烈なマニアだと』

それまで悔いるようにうつむき気味だった依頼人が、顔を上げた。

『すべて、〃永久子〃を奪うための罠《わな》だったんです。痴漢も、後ろにやくざがいるというのも嘘だった。私に近づいてきたのも、重森時子の息子だからでしょう。けれど多葉田は、自分は何も知らない、人形が今どこにあるかも知らないと言い張っている」

依頼人はカメラのレンズを見つめている。カメラに――カメラの向こうにいるはずの〝カラス〟に向かって、必死で訴えている。

『どうか、お願いします。〝永久子〟を取り返してください。母は今は入院中で、ほとんど寝たきりの状態です。おそらくそう長くはないでしょう。父はすでに亡くなりました。母の枕元に〝永久子〟を置いてやりたい。母が逝く時は、姉と二人で送ってやりたい。私にとっても〝永久子〟は姉の形見なんです』

声は切実さを帯びてくる。玲はすっかり短くなっていた煙草を灰皿に揉《も》み消した。もう一本吸いたくなるが、我慢する。

『あなたがたのことは、知人を介して知りました。その人はとても感謝していました。大切なものを取り返してくれて、秘密も守ってくれた、良心的な契約だった、と』

カメラに向かって、重森繫は深々と頭を下げた。

『人形を取り戻すために用意した金はすべてお支払いします。お願いです。〝永久子〟を取り返してください』

そして、動画は終わった。

「――良心的な泥棒、か」

　玲は小さく呟いた。優しい殺人鬼、くらい矛盾している。だけどどうせ人も世の中も矛盾だらけだ。矛盾を抱えたまま、それでも地球は回っている。

「この人形、大きさはどれくらいなんだ？」

　ブルーを振り返って訊《き》いた。

「依頼人に訊かないと正確にはわからないけど、ネットで見た他の人形から判断すると、身長六十センチくらいだね」

「けっこう大きいな。素材は？　ビスクドールみたいに磁器でできてるのか？」

「違うみたい。樹脂じゃないかな？」

「ふうん……」

　玲は少し考えた。人差し指と中指で、ゆっくり唇をなぞる。

「どうする、玲。やるか？」

　マスターが訊いた。

　スポーツのチームじゃないからリーダーなんて決めていないが、実際に盗む行為は玲がやることが多いので、最終的には玲が決めることになっている。黙っていると、ピンクが言った。

「やろうよ、玲ちゃん！　こいつむかつくじゃん。お母さんが娘さんを偲《しの》んで作った人形を騙《だま》し取るなんてさ。弁護士の風上にもおけないよ」

　頬を紅潮させて、ぷんぷんしている。ピンクはこう見えて人情派だ。玲は薄く微笑《わら》った。

別に人助けのためにやっているわけじゃない。こちらにはこちらの目的がある。だけどそのついでに誰かを助けられるなら、少しは罪滅ぼしになるかもしれない、なんて。

(言い訳だよな)

「――じゃあ、ブルー。依頼人に連絡取って、詳しいことを聞いておいてくれよ」

「了解」

「報酬は……そうだな、依頼人が用意した金の半分でいい。経費は実費で」

「オッケー」

「マスター、調査お願いします」

「ああ」

話が一段落したので、マスターがサンドイッチの皿とコーヒーのおかわりを玲の前に置いた。あと少しで開店時間だ。

とりあえず人形のことはいったん脇に置いて、玲はサンドイッチを食べ始めた。すると、空きができた頭のスペースにふっと健斗の顔が浮かんだ。サンドイッチをコーヒーで流し込んで、それも追い出す。

さすがに、もう来ないだろう。

「これが多葉田章夫。三十七歳。独身。多葉田が勤める法律事務所は、所長と弁護士二名、事務の女性が一名の計五名。相続やら離婚やら手広くやってて、評判はけっこういいみたい」

ブルーがひらいた画面には、法律事務所のサイトが表示されていた。弁護士の紹介ページをひらくと、眼鏡をかけた男の写真が載っている。選挙ポスターのような作り込まれた笑顔だ。知的で真面目そうで頼りになりそう……なのかもしれない。一般的には。

「事務所は新宿《しんじゅく》にあって、多葉田は都内の実家住みなんだけど、事務所の近くにマンションを借りてる。平日はそこに帰ることが多いみたい」

事務所もマンションも、ここからそう遠くない。マンションの画像を見ると単身者用ながら小綺麗で、多葉田は裕福そうに見えた。

「軽く探った限りでは、周りの人間は彼が人形マニアだってことを知らないみたいだな」

カウンターの内側でグラスを磨きながら、マスターが言った。

事前の調査については、ＰＣで探れることはブルーが、それ以外はマスターが担当している。マスターは下調べのプロだ。さりげなく対象やその周辺に近づき、いろんなことを探り出す。探られた方は、自分が探りを入れられたことに気づいていない。

その理由のひとつは、マスターの風貌にある。中肉中背で、特徴のない薄い顔立ち。年齢不詳。髭《ひげ》を生やしている以外にこれといったポイントがなく——逆に言えば、あとから思い出そうとしても髭しか思い出せないのだ。もちろん髭は付け髭なので、バーの常連客が店以外でマスターに会っても、まず気づかない。

マスターは、元詐欺師だ。この風貌と用意周到な性格、人あたりのよさ、信用させるテクニック、丸め込むテクニックを使って、そうとう荒稼ぎをしたらしい。

玲はその頃のことを知らない。マスターの年齢も、生い立ちも、本名すら知らない。彼は驚くほど顔が広いけれど、誰からもマスターと呼ばれている。

知っているのは、彼が玲の父親の古い友人で、父に恩義を感じているらしいということだけだ。路頭に迷っていた玲を拾い、バーテンダーとして雇ってくれたのも父のよしみらしい。

「まあ、いい年した男が人形好きとか、外聞はよくないよねえ。重森時子の人形はすごく綺麗で、美術品だなって思うけど。恋人とかはいないの？」

ピンクの問いに、マスターが答える。

「今はいない。過去につきあった相手はいるが、絶対にマンションには入れなかったそうだ。人形はマンションにあるんだろうが、見せびらかすことはないみたいだな」

「それなんだけど」

ブルーがパソコンの別の画面をひらいた。

「多葉田のネット通販の履歴をたどったら、指紋認証のロックを注文してた。キャビネットとかに取り付けるやつ。これ、人形用じゃないかな」

画面には指紋センサー付きの電子ロックの写真が映っている。なかなか頑丈そうだ。

「まだ多葉田の事務所にも自宅にも入ってないのに、よくそんな履歴たどれたね」

ピンクが言うと、ブルーはにこっと笑った。

「多葉田が外でパソコンを使った時にPINを盗み見て、ランチ食べてる間に玲ちゃんにバッグをちょっと拝借してもらったんだ。パソコンに細工してすぐ戻したから、気づかれてないと思うよ」

似たようなバッグを用意して少しの間すり替えたのだが、実際十分もかからなかった。これで、同じアカウントを使っているパソコンの中はだいたい見られるという。

昨今、パソコンもスマートフォンも使わない人間は少ない。仕事も交友関係も買い物も趣味も、時には人に知られたくない秘密も、全部デジタルの中に収められている。デジタルのロックをはずせるということは、つまりその人の人生を覗《のぞ》き見できるということだ。

こういう技術が一番怖いよな、と玲は思う。ブルーは得意げににこにこしているけれど。

ブルーは在宅でフリーランスのITエンジニアをしている。一人でゲームを作って公開していたら、声をかけられるようになったらしい。きっと優秀なエンジニアなんだろう。組織や集団が苦手なので、就職する気はないようだが。

ブルーとピンクは、玲と同じようにマスターに拾われたと聞いている。ピンクがやばい相手に捕まって——男とホテルに入って財布を抜こうとしたらしい——風俗に売られそうになったところを、マスターに助けられたんだそうだ。二人ともまだ未成年だった。

マスターの本名を知らないように、玲はブルーとピンクの本名も知らない。双子《ふたご》の兄弟だが、お互いのことも本名では呼ばない。家を出て二人で生きていこうとしていたことは知っているが、理由は知らない。

でも、知る必要はないと思っている。共犯者についてはできるだけ知らない方がいい。万が一、捕まった時のために。

「この指紋認証、偽造できる？」

マスターに訊くと、写真を見て頷いた。

「3Dプリンターで作ってみよう。多葉田の鮮明な指紋が必要だな」

「鮮明な指紋か」

「ちょうどいいチャンスがあるよ」

ブルーが言った。スケジュールを見ると、多葉田は近く大学の同窓会に出席する予定があるという。同窓会といってもクラスや仲間内のものではなく、法学部のＯＢ、ＯＧが多数参加する大きなパーティだ。会場はホテルのホールになっている。不特定多数の人間が出入りする場なら、潜り込むのは簡単だ。

「じゃあ、俺が給仕になって潜り込むよ。ピンクは多葉田に接触して取り入ってみてくれ」

「えー」

ピンクは気乗りしなさそうに顔をしかめた。

「玲ちゃんが誘惑した方がいいと思うなあ」

「ああ？」

「だって永久子の人形、玲ちゃんによく似てるもん。玲ちゃんが女装すれば、絶対ふらふら引き寄せられると思うよ」

「嫌だね。そういうのは俺の役目じゃない。ピンク、おまえの役目だろ」

「僕、どっちかっていうとフランス人形だから、多葉田のお気に召さないと思うよ」

「人形マニアなんだから、フランス人形も好きなんじゃないのか」

「そうかなあ。玲ちゃんの女装、見たかったのに…」

ピンクはまだぶつぶつ言っている。無視して、玲はコーヒーを飲み干した。


同窓会当日。玲は黒服を着て眼鏡をかけ、ウエイターとして紛れ込んでいた。規模の大きなパーティでは給仕は派遣を使うことが多いから、見慣れない顔がいても怪しまれない。それに、制服は目眩ましになる。人は制服を着た人間のことは備品みたいにスルーしてしまうものだ。

ピンクは新米弁護士だ。軽くカールした黒髪のウイッグをつけ、メイクもいつもとがらりと変えている。知的でかわいい女路線で行くらしい。店でワンピースを着てドーリーメイクをしている時とは別人に見える。

ピンクの本業はメイクアップアーティストだ。まだ駆け出しなので夜はマジックアワーでバイトをしているが、コスプレも趣味なので、店でいろんな恰好《かっこう》をして楽しんでいる。最近は特殊メイクも勉強中だ。

「どう？　キャリアガール風。転職先を探してる後輩で行ってみる」

意気揚々と言って、偽造した招待状を手に、ピンクは同窓会に乗り込んでいった。

同窓会の開始から少し遅れて、多葉田はやってきた。会場に入ってすぐ知り合いを見つけ、にこやかに挨拶している。

（あれか）

やり手の弁護士というよりは、成績優秀な委員長タイプだ。確かにうっかり信用してしまいそうだ。玲はすばやく近づいて「お飲み物をどうぞ」とトレイを差し出し、グラスを取らせた。

頃合いを見計らって、ピンクが近づいていった。

だが、多葉田はまったくピンクに興味を示さなかった。ピンクが極上の笑顔で話しかけても、適当にかわされている。おまけに急な用事ができて時間がないとかで、恩師に挨拶するとすぐに帰ってしまった。

「あいつ、生身の女に興味ないいんじゃないの」

せっかくのいい女コスプレを無視されて、ピンクはぷんぷんしていた。

多葉田が手にしたグラスを回収することはできたが、シャンパングラスをひとつだけで、ステムを持っていたので、有効な指紋は取れなかった。多葉田が買った指紋認証のロックと同じものを手に入れてテストしてみたのだが、しっかりした指紋を採取しないとロックは開かない。しかたなく、別のアプローチをすることにした。

「だから、俺は嫌だって言ってるだろ」

「しかたないじゃん。他に手がないんだから」

言い合いをする玲とピンクを、マスターとブルーは他人事《ひとごと》の顔でおもしろそうに見ている。開店前のまかないの時間は作戦会議の時間だ。

「俺はピンクみたいに女装に慣れてないんだから、ばれるに決まってるだろ」

「大丈夫。僕がレッスンしたげるから。それに僕のメイクの腕を舐《な》めないでよね。極上のいい女にしてあげる」

「どんなレッスンだよ」

「――追加の調査でわかったんだが」

マスターが口を挟んだ。

「多葉田は高校時代は地味な生徒で、あまり社交性もなかったらしい。で、重森の家も都内にあるんだが、多葉田と永久子は同じ時期に同じ路線を使って通学していたんだ。多葉田の元同級生によると、その頃、通学電車に目立つ美少女がいたらしい」

「はは一ん」

ピンクがにたりと笑った。

「つまり、多葉田は電車で見かける永久子に片思いをしていた、と」

「その可能性はあるな。永久子は入退院を繰り返していて、途中で通学できなくなったようだが」

「じゃあ人形が好きで〝永久子〟を手に入れたかったんじゃなくて、重森永久子を好きだったから、人形に興味を持ったってこと？」

ブルーの言葉に、マスターが頷く。

「それが高じてコレクターにまでなったんじゃないかな。重森時子が亡くなった娘の人形を作ったって話はマニアの間じゃ有名だったんだが、作品集でそれを見て、どうしても欲しくなったんだろう」

「ってことは、やっぱり玲ちゃんががんばらないとね」

ピンクは腕組みをしてうんうんと頷く。ブルーが付け加えた。

「重森時子さんの病状、あんまりよくないみたいだよ。急いだほうがいいんじゃないかな」

「……」

そんなわけで、しぶしぶ、玲が女装をすることになった。

「顔はいいとして、問題は体だよねえ。玲ちゃん、細身だけどそれなりに筋肉ついてるよね」

「あたりまえだろ。俺、二十八歳の男だぞ。ピンクが異常なんだよ」

「僕は気合いで肉体改造してるから。うーん、服はどうしようかなあ……あ、そうだ、着物！」

ピンクはぱんと両手を打ち合わせた。

「〝永久子〟は振袖着てるんだし、着物がいいよ。着物は体の線が出ないし、胸もいらないし」

「ええ？　俺、男物の着物だって着たことないぞ」

「着物着ると自然におしとやかになるよ。僕、何枚か持ってるし、着付けもできるから。玲ちゃんに似合うの探してくる！」

ピンクはメイクの仕事をしていてコスプレが趣味なので、ファッション関係には詳しい。すぐに着物一式を揃《そろ》えてきた。

「大正とか昭和初期のレトロモダンな着物ってかわいいよね。最近は洋装とミックスするのも流行《はや》ってるんだよ。ほら、こういうレースやフリルの半襟だと喉仏も目立たないし」

ピンクが持ってきたのは、大振りな花柄と格子柄が組み合わさった、レトロな感じの着物だった。半衿と足袋にはフリルとレースがついている。まずは女装に慣れるため、着物を着て出かけることになった。

マジックアワーの二階には、元詐欺師のマスターのコレクションが置かれている。様々な制服や作業着、特殊なコスチュームに加え、変装やなりすましのための小道具、機材、３Ｄプリンターもあった。さらにコスプレ好きのピンクの衣装やウイッグも置いてあるので、一風変わった衣装部屋みたいになっている。仲間内では楽屋と呼んでいた。

「うっ、きつっ。締めすぎだろ」

その楽屋で、玲はピンクに全身を改造されていた。

「これくらい締めないと着崩れちゃうよ。帯を締めると背筋もぴしっとするし。ほら、玲ちゃん、まっすぐ立って。顎引いて！」

「うえ」

いろいろ着せられあちこち締められ、女は大変だと実感する。たしかにこれでは大股で歩けないし、大食いもできない。立ち居振る舞いから変わりそうだ。

「じゃ、次はメイクね。そこに座って」

今度は椅子に座らされ、前髪をピンで止められる。いきなり毛抜きで眉毛を抜かれた。

「いてっ。何すんだよ」

「形を整えてるだけだよ。顔も剃らないとね」

蒸しタオルを顔にあてられ、カミソリで顔を剃られ、クリームでマッサージされ、いったい何層重ねるんだと思うほどに顔にいろいろ塗りたくられ——玲はだんだんぐったりしてきた。

女は本当に大変だ。

「うーん、鼻は玲ちゃんの方が高いんだよねえ。小さい鼻を大きくすることは特殊メイクででできるけど、逆は難しいからなあ」

依頼人から借りた永久子の写真と見比べながら、ピンクは細かくメイクを仕上げていく。玲は鏡を見ていなかったので、自分の顔がどうなっているのかわからなかった。

最後に黒髪ストレートのウイッグをかぶって、完成だ。

「かんっぺき。僕、天才！」

玲の姿を上から下まで眺めて、ピンクは満足げに頷いた。

玲は姿見の前に立った。ひと目見て、ぎょっとする。

そこに女がいた。白い顔。一重の涼し気な目。赤い唇。たしかに永久子によく似ている。そっくりではないけれど、姉妹か親戚くらいには似ていた。玲の知り合いが今の自分を見ても、きっと気づかないだろう。

「化粧って怖《こえ》えな…」

女は怖い。ピンクは女じゃないが。ピンクのメイクはほとんど変装だ。

「僕も着替えようっと」

ピンクもメイクをして着物に着替えた。こちらは桜が舞うピンク色の着物だ。今日は黒髪ボブのウイッグをつけている。ピンクはウイッグもたくさん持っていて、とっかえひっかえしている。

「じゃ、出かけよっか」

「ほんとにこの格好で外に出るのかよ……」

「慣れないと歩くのも大変だからね」

ピンクはうきうきしているが、玲はすでに疲れていた。着物は重くて肩が凝るし、帯が胸と腹を圧迫してくる。足が大きく開かないので小股でちょこちょこ歩くしかなく、慣れない草履も歩きにくかった。

「四人になった気がする……」

「まずはホテルでお茶しよっか」

西口エリアまでは距離があるので、タクシーでホテルに行った。平日の午後のラウンジは、ゆったりした空間に優雅な空気が流れている。結婚式場があるので和服の人もちらほらいて、着物姿でも目立たなかった。

「玲ちゃん、足揃えて！　膝下は斜めに流すように。カップの持ち手を握っちゃだめ！」

「うるせえ」

「そういう言葉遣いもだめ！」

歩き方、座り方、紅茶の飲み方、ケーキの食べ方など、いちいち細かく指導が入る。それから声の出し方、話し方。声を高くするのは限界があるので、風邪をひいているという設定で行くことにした。

「これ、うまくいくのかよ」

「かよ、じゃないでしょ。うまくいかせなくちゃ。さ、次はどこかのお店に入って、店員さんと話してみよっか」

「ええ…」

うんざりしながら、ピンクに促されて立ち上がった。

ホテルではそれほど浮かなかったが、ショッピング街で着物二人はけっこう目立った。ピンクのスタイリングが派手なせいもあるかもしれない。ショーウインドウを眺めながら歩いていると、男女の二人連れが近づいてきて声をかけてきた。

「こんにちはー。私たち、ファッション誌の取材をしてるんですけど」

街歩きファッションの特集だという。男の方は立派なカメラを持っていた。ぜひ写真を撮らせてほしいと言われ、ピンクはまんざらでもなさそうにくねくねした。

「えー。どうしよっかなあ」

玲は小声でピンクに「俺は撮られるわけにいかないから」と囁《ささや》き、二人組に向かって裏声で「すみません、そういうの苦手なので」と断った。そそくさと逃げ出す。

少し離れて見ると、ピンクはノリノリで写真を撮られていた。ついでにメイクの仕事の売り込みをしている。ちゃっかりしている。

ため息をついて顔を上げたところで、ウインドウに映る自分が目に入った。

思わずまじまじと見てしまう。よくできている。自分のようで、自分じゃないようで……と、ウインドウ越しに、背後に立っている男と目が合った。

（やばい）

健斗だ。

ウインドウに映る玲の姿をじっと見ている。玲はさっと顔を伏せた。急いで立ち去ろうとして——慣れない草履につまずいた。

「あっ」

着物のせいで大きく足を踏み出すことができない。転びかけたところを、すばやく伸びてきた両腕に抱きとめられた。

「大丈夫ですか？」

顔を上げると、健斗の顔がすぐそこにあった。

「…っ」

まずい。やばい。とっさに頭が回らない。とにかく急いで顔を伏せて、健斗の腕を振りほどいた。

「どうも」

どうにか小声でそれだけ言い、顔を伏せたまま、玲はその場から逃げ出した。

◇

「真柴《ましば》くん、どうしたの？　行くよ」

「あっ、はい。今行きます」

仕事中だった。我に返り、健斗《けんと》は急いで先輩の花岡《はなおか》刑事のところに戻った。

（今の人、玲《れい》さんに似てたなあ）

もちろん女の人なのはわかっている。着物がよく似合う、綺麗《きれい》な人だった。玲が女性だったらこんな感じだろうか、化粧をして女装したらこうなるだろうかと、ついぼうっと見つめてしまった。彼が女装なんてするはずがないけれど。

（ひょっとしてお姉さんか妹がいるとか……今度訊《き》いてみようかな）

そう考えてから、ふと思った。もしも彼が女性だったら。

そうしたら、恋はもっと簡単だっただろうか。告白して、ふられても食い下がって、好きになってもらえるよう努力して。もしもつきあうことができたら、いずれは結婚、なんて……

（うーん）

なんだかピンとこなかった。さっきの女性は本当によく似ていたけれど、ちょっとドキドキしたけれど、やっぱり彼とは違う。

彼は、彼でいい。いや、彼がいい。バーテンダーの格好がよく似合って、けっこう口が悪くて、冷たくて意地悪で。乱暴なのはどうかと思うけど、でも笑うと世界が明るくなるようで。

（俺、ゲイだったのかなあ）

よくわからなかった。彼以外に男を好きになったことはない。でも、思えば女性を本気で好きになったこともなかった気がする。女の子とつきあったことはあるけれど、今になって思えば若さゆえの浮ついた気持ちというか、好奇心というか、ぶっちゃけ性欲が勝っていたというか。

あんな気持ちは、玲に対してだけだ。

あの、血が熱くなって心臓が浮き上がるような。足を踏み外してまっさかさまに落ちるような。天国と地獄がいっぺんに来たみたいで、しあわせで、苦しくて、やっぱりしあわせで。

だからつまり要するに――恋をしてしまったのだ。初めてで、そして唯一の。

「真柴くん、聞いてる？」

またぼうっとしてしまった。健斗は慌てて花岡に向き直った。

「すみません。何でしたか？」

置き引き事件の捜査を終え、署に戻る途中だった。平日の午後だが、勤め人からそうじゃない人まで、新宿《しんじゅく》は多くの人が行き交っている。人が集まるところには犯罪も集まる。盗犯係はいつも手一杯だ。

「ほら、この間の、スマホの写真のデータが消えて、覚えのない写真が一枚だけ残ってたっていうの」

「ああ、カラスの足跡でしたっけ？」

「そう。それでね、気になる噂《うわさ》を聞いたの」

「噂？」

花岡は健斗を振り返った。

「取り返し屋のカラス、っていうの」

面食らって、健斗は瞬《まばた》きした。

「取り返し屋？　の、カラス？」

「そう。なんでも、奪われたものとか貸したまま戻ってこないものを取り返してくれる人がいるんだって。人っていうか、そういう商売ね。で、サイン代わりにカラスの羽根や足跡を残していくの。それで取り返し屋のカラスって呼ばれてるんだって」

「へえ…。えーと、それって代わりに交渉してくれるってことですか？　弁護士みたいな？　それとも力ずくで取り返すってことですか」

「どっちも違う」

花岡はいったん立ち止まって、健斗を見た。つられて健斗も立ち止まる。眼鏡をちょっと持ち上げて、花岡は言った。

「盗むの」

「……えっ」

一瞬ぽかんとしてから、健斗は声を上げた。

「犯罪じゃないですか！」

「そうなの」

花岡はゆっくりと頷《うなず》く。

「でも盗《と》られた方も依頼した方も警察には言わないから、事件にはならない。もともと表沙汰にはできないことを、アンダーグラウンドで非合法に解決してくれるってわけ」

「いや、でもそれ窃盗なんですよね。まずいじゃないですか」

「盗犯係的にはね。だけど盗難届が出されなければ、警察としては何もできない」

「……」

花岡はまた歩き出す。健斗はそのあとを追った。

「その、カラス？　の正体はわからないんですか？　依頼した人も？」

「サイトを通して依頼するみたいなんだけど、なかなか見つからないの。検索よけしてるみたいだし、パスワードとか誰かの紹介がないとたどり着けないのかも」

「盗まれた人は、どうして被害届を出さないんですか？」

「そりゃ、その人にも後ろ暗いことがあるからじゃない？　もともと奪ったものなんだし。この間の写真の件は、プライベートな画像を撮られた女性がカラスに依頼したんじゃないかって同期と話してたの。データみたいなものも盗めるらしいから」

「……」

「被害に遭っても、声を上げられない人はたくさんいるからね……。だからネットの世界では、カラスは警察じゃどうにもできないことを解決してくれる義賊みたいに言われてる」

「義賊って、そんな」

「実際、警察にできないことは多いからね」

花岡の口調は、冷静だけどくやしそうだ。健斗は口をつぐんだ。

たしかに警察は事が起きてからじゃないと動けないいし、法律に縛られるから、できないことも多い。でも。

「そういうわけで、取り返し屋に関しては今のところ何もできないんだけど……でもカラスっていうのが気になって」

「それ」

健斗ははっと思い出した。

「係長が言ってましたよね。灰色鴉《がらす》っていう呼び名の窃盗犯がいたって。昔のことだし、とっくに死んだからって、それ以上は教えてくれなかったけど」

「私も詳しくは知らないの。私が警察に入る前の話だし。でも、話は聞いたことがある。開けられない鍵はなく、盗めないものはない――そんな大泥棒がいたって」

「は」

思わず健斗は笑いそうになった。開けられない鍵はなく、盗めないものはない？　そんな、映画や漫画じゃあるまいし。

「その灰色鴉は、現場にカラスの足跡を残していくんですか？　怪盗なんとかみたいに」

「ううん」

花岡は首を振る。

「そうじゃないみたい。ただ、現場でめずらしい白黒のカラスが目撃されたことが何度かあったんだって。日本にはいない、ハイイロガラスっていう種類のカラス。それでそう呼ばれるようになったみたいね」

「現場にカラス……。でもその泥棒は捕まって、病気で死んだって係長は言ってましたよね」

「そう。だから何か関係があるのかはわからないんだけど……」

話しながら、交番の前を通りかかった。立番の警察官が立っている。警察学校や交番勤務で健斗もよくやったものだ。

ただ立っているだけに見えるけど、あれも大事な仕事のひとつだ。街の様子に目を配り、異常がないか見張ること。困っていそうな人がいたら声をかけること。

そしてああやって制服警官が立つだけで、犯罪抑止効果がある。ここは法治国家で、法に反することをしたら捕まるんだと知らしめる役目だ。

そうだ。ここは法治国家だ。だから被害に遭ったけど警察には言えないとか、アンダーグラウンドで非合法に解決とか、そんなことがあってはいけない。取り返し屋なんて——つまりはただの窃盗犯じゃないか。

「でも辰《たつ》さんが言ってたんだよね。灰色鴉には息子がいたって」

「息子？」

「なんでも父親譲りの鍵開けの腕前を持っていたんだそうよ。昔で言う錠前破りね」

「そいつも泥棒なんですか？」

「ううん。その人はその腕を生かして、鍵師になったそうよ。依頼を受けて鍵を開けたり、セキュリティ関係の商品を扱う防犯ショップをやっていたんだって」

「いい人じゃないですか」

健斗の素直な物言いに、花岡はちょっと笑った。

「まあ、そうね。警察としてはありがたいわね。泥棒の知識があるってことは、逆に言えば防犯に強いってことだし。でもその人、行方不明らしいのよ」

「え」

「お店も今はなくて、どこでどうしてるか辰さんも知らないんだって」

「じゃあ、そいつが取り返し屋の可能性もあるってことですか？」

花岡は首を傾《かし》げた。

「うーん、どうかしら。防犯ショップなんてやってたってことは、泥棒の父親に反抗してたんだと思うんだけど……」

新宿署に着いた。警察署は千客万来で、常にたくさんの人の出入りがある。善良そうな一般市民。夜の街の住人。補導された少年少女。まるで街の縮図だ。そこを通り抜けて、エレベーターに向かった。

「そういえば、灰色鴉にはもう一人息子がいたんですって」

エレベーターのボタンを押して、花岡が言った。

「その息子も泥棒の腕を受け継いでるんですか？」

「さあ。でも父親が亡くなった時はまだ子供だったみたいだから……鍵師のお兄さんが親代わりだったはずなんだけど、どうしてるんだろうって辰さんが心配してたわ」

「係長、優しいですね」

「ああ見えてね」

エレベーターの扉が開いた。警察署の中にはいたるところにポスターやお知らせが掲示されているが、エレベーターの中にもベタベタと貼ってあった。

「まあ、まだ何もわからないけど、とりあえずカラスには注意した方がいいわね」

「了解です」

健斗はパネルの前に立ち、階数ボタンと開閉ボタンを押した。ふと、玲のことを思い出した。

（カラス）
黒い学生服を着て、黒いカラスを腕にとまらせていた姿。さすがにもうあんなことはしていないだろうけど、カラスにはわりと親しみを感じてしまう。

会いたいな、と思った。もう来るなと言われてしまったけど。

扉が閉まり始める。扉の内側には、詐欺防止のポスターが貼ってあった。左右の扉にまたがる形で、文字とイラストが真ん中で切れている。

扉が閉まる。左右の扉が合わさると、赤い文字が『騙《だま》されるな！』と警告を発し、交差する手が大きな×を作った。


「もう来るなって言っただろ」

「もう来ないとは言ってません」

玲は憮然《ぶぜん》とした顔をしている。あいかわらず冷たい目だ。カウンター越しに見下ろされ、ちょっとゾクゾクする自分はやばいかもしれないと思う。

「俺、客ですから。ちゃんと金払って静かに飲む分にはかまわないでしょう？」

「……」

憮然としたまま、玲はマスターに目をやった。

髭《ひげ》のマスターは苦笑して、鷹揚《おうよう》に頷いた。

「まあ、出禁にする理由がないよな。この間はうちの従業員が迷惑かけたんだし」

「はいはい。すみませんでしたねえ」

ピンクの髪の従業員は、今日はメイド服を着ていた。フリルのついた白いエプロンに、黒いワンピース。よく似合っていて、やっぱり女の子にしか見えない。今日は双子《ふたご》の兄弟はいないようだった。

週末のマジックアワーは、今夜も黄昏《たそがれ》の淡い光に満たされていた。わかりにくい場所にあるわりに隠れ家的な人気があるらしく、そこそこ客が入っている。表通りの若者向けの店とは一線を画した、落ち着いた大人の雰囲気だ。

「ていうかさ、健斗、酒飲めるのか？」

カウンターに両肘をついて、玲が言った。

「飲めますよ。俺、もう二十五ですから」

「ふーん。あの健斗がねえ。そういえば、仕事は何してるんだ？」

「ああ、えーと…」

一瞬、躊躇《ちゆうちよ》してしまった。警察官になって以来、身分を明かさない癖がついてしまっているからだ。世間の目は警察官に対しては非番の時でも厳しいし、公権力にアレルギーを示す人もいる。それに、前にストーカーに間違われて警察を呼ぶと騒がれている。ここで自分が警察官だとは、ちょっと言いにくい。

「公務員です」

「へえ。お役所勤めなのか？」

「そんなところです。俺、親がシングルマザーで苦労してるんで、安定した職業につきたくて」

「……」

頬杖《ほおづえ》をついて、玲はじっと健斗を見つめた。

見つめられると、だんだんドキドキしてくる。やっぱりこの人の目は綺麗だ。黄昏の光の中にあっても、きっと真昼の太陽の下でも、その瞳には深く静かな夜があって――

片手が伸びてきた。くしゃっと、前髪をかき回された。あの頃みたいに。

「偉い」

切れ長の目をゆるめて、玲は笑った。

「っ…」

心臓が跳ね上がった。ごまかすように、拗《す》ねた声を出した。

「さわるの、だめなんじゃなかったんですか」

玲はさらに笑って、ぐしゃぐしゃと髪をかき回した。

「俺からさわるのはいいんだよ」

「なんですか、それ」

照れ隠しにむっとした顔をしてしまう。でも嬉《うれ》しい。心が上がったり下がったり、顔がゆるむのをなんとか引き締めたり、忙しい。

「じゃあ大人になったお祝いに、俺が一杯おごってやるよ」

上体を起こして、玲が言った。手が離れてしまい、ちょっと寂しくなる。

「え、ありがとうございます」

「何がいい？」

「えーと……酒にあんまり詳しくないんで、おまかせします」

「なんだ、やっぱりガキじゃん」

意地悪な顔で笑って、玲はカウンターの後ろの棚を眺めた。

「そうだな、じゃあ…」

ずらりと並んだ酒のボトルの中からいくつか取って、他の材料も揃《そろ》える。メジャーカップを指に挟んで材料を入れ、傾けてシェーカーに入れる仕草が様になっていた。

健斗の前に立って、玲はシェーカーを構えた。前に来た時に振っているところは見たけれど、目の前で自分のために振ってもらうのは初めてだ。

十本の長い指で、しっかりとホールドする。リズミカルに、小気味のいい音を鳴らして、玲はシェーカーを振った。銀色のシェーカーが照明を弾《はじ》いて光る。タイトなベスト姿だと、ウエストから腰の引き締まったラインが際立って見えた。

（いやいや、どこ見てんだよ）

カウンターには氷の入ったオールドファッションドグラスが置かれていた。シェーカーの中の液体を静かに注ぐ。カランと氷を鳴らしてステアすると、玲はグラスを健斗の前に差し出した。

「どうぞ」

「いただきます」

グラスに手を伸ばそうとした時だ。「忘れてた」と言って、玲はグラスの上にふわりとチーフをかぶせた。チーフを取ると、グラスの中にはライムのスライスが浮かんでいた。

「わ」

「カミカゼだよ」

「神風？」

「神風特攻隊から付けたらしいけど、考案したのはアメリカ人らしいな。若い男性に人気があるカクテルだよ」

グラスを持ち上げる。顔に近づけると、さわやかなライムの香りがした。液体は透明で、照明を受けてロックアイスが複雑な陰影を作っている。

ひと口飲んでみる。第一印象は、きりっと辛口だ。けれどフルーティでほんのり甘みもあって、ライムの風味がさわやかに広がる。すっきりして、飲みやすいカクテルだった。

「おいしいです」

「そう」

目を細めて、玲は微笑《わら》った。

「少し甘めにしてるけど、ウォッカベースでけっこう強いから、飲みすぎるなよ」

「はい」

カウンターの少し離れた席から、「すみませーん」と声がした。若い女性の二人組だ。片手を上げて玲に合図している。返事をして、玲はそちらに向かった。

「あのー、バーテンダーさん、手品が上手だって聞いたんですけど」

「見せてもらえますか?」

二人組はすでに酔っているらしく、頬を染めて上目遣いに玲を見ている。玲は「いいですよ」と愛想よく微笑《ほほえ》んだ。

彼が着ているベストには、チーフを入れた胸ポケットがひとつと、両側に腰ポケットがついていた。その腰のポケットから、玲は黒い手袋を取り出した。

古来、マジシャンの正装といえば燕尾服《えんびふく》や夜会服、シルクハットに白い手袋だろう。だけど玲の手袋は黒い。それを着けると、本当に魔法使いみたいだと健斗は思う。

「では、簡単なカードマジックを」

玲は今度はスラックスのポケットからトランプを取り出した。なんでも出てくるポケットだ。女性客と世間話をしながら、片手間のようにカードをさばく。ワンハンド・カット。空中でリフル・シャッフル。上から滝のように流していくカスケード。すばやく、美しく、確実にカードを混ぜていく。

健斗は玲を捜していろんなマジシャンを見てきた。その中でも、玲の指さばきは際立って鮮やかだと思う。上手《うま》いとか正確というだけじゃなく、何か目を惹《ひ》きつけられるものがある。川原でマジックの練習をしていた時より、さらに上手くなっていた。

「わあ」

女性客たちも、うっとりした目で玲の手元を見つめていた。そうだ。あの指は危険なのだ。指が細くて長くて、しなやかで、別の生き物みたいに動く。見ていると目が眩《くら》んでしまって、何か起きても気づかない。

「お好きなカードを一枚、選んでいただけますか」

玲はカードをテーブルの上で扇形に広げた。なめらかで均一な、綺麗なスプレッドだ。

「はーい」

女性客の一人がカードを抜き取る。「私に見せずに覚えてください」と言われ、二人でカードを確認していた。近くのテーブルの客たちもおもしろそうに覗《のぞ》き込んでいる。

「覚えましたか？　では残りのカードを三つに分けたので、そのカードを一番上に戻してください。どれでもいいですよ」

テーブルの上にはカードの束が三つある。女性は真ん中の束の上にカードを戻した。

「ちなみに、マジシャンはカードをいつもさわっているので、指が厚みを覚えています。今、一枚増えたので、ひらかなくてもわかりますよ。試してみますか？」

玲は自分は後ろを向くので、三つの束を自由に動かしてみてくださいと女性に言った。女性は言われたとおり、束の位置を変える。振り返った玲は三つの束の厚みを確かめ、「これですね」と一番上のカードをめくった。ハートの4だ。

「合ってます！」

女性は声を上げる。玲はにこりと笑うとカードを元に戻した。それから、今度は自分で三つの束をくるくると位置を変え、「どれかわかりますか？」と女性に訊いた。

「これ！」と女性はひとつの束を指さす。目で追っていた健斗も、それだと思った。けれど玲がカードをめくると、はずれていた。違うカードだ。

「えー、見てたのにー」

「正解はこれです」

玲が別の束のトランプをめくると、ハートの4が現れた。「もう一度、スローでやってみましょう」と今度はゆっくり動かす。しっかり目で追える速度だ。でも女性が指差した束をめくると、はずれていた。

「ええー。絶対これだと思ったのに！」

「じゃあこっちかな？」

玲は別の束のカードをめくる。それも違った。「残りはこれですね」と最後の束をめくる。

「あれ？　違う」

最後の束のカードも、ハートの4じゃなかった。女性たちは首を傾げる。「えー、どこ行ったんだろ」「なくなっちゃった」

「お客様が選んだカードはハートの4でしたよね？」

玲はいたずらっぽく微笑んだ。

「ハートのカードは惚《ほ》れっぽくて、選んでくれた人に恋をしてついていっちゃうことがあるんですよ。お客様のそばにありませんか？」

「え、え？」

女性たちはテーブルの上や膝の上をきょろきょろと探す。「ないです」

「ハートは惚れっぽい上に恥ずかしがりやなんですよね。きっと隠れてるんでしょう。たとえばこんなところに」

玲は女性客のグラスに手を伸ばした。カクテルグラスを持ち上げ、その下に敷いてあったコースターをくるりと裏返す。

「あっ」

あった。ハートの4だ。

「えー、うそ！」

「いつのまに？　だってずっとグラス置いてたのに」

女性客たちも、周りで見ていた客もわっと盛り上がる。拍手が起きた。

「お帰りの際は、カードがついていっていないか確かめてくださいね」

締めくくるように言って、玲はにこりと笑みを浮かべた。

上品で、なおかつ少し近寄りがたい感じのする魅力的な笑顔だ。女性客たちは頬を染めて玲を見つめていた。

別のテーブル席から声が上がった。玲はカウンターを出てそちらに向かう。やっぱりマジックを希望されていた。人気者だ。

「かっこいい～！　噂通り、素敵な人だったね」

「ね！　指とか綺麗で、見とれちゃった」

女性客たちが小声できゃっきゃとさざめいている。あらためて店内を見ると、カップルや男性客もいるけれど、明らかに玲が目当ての客も多そうだった。

（モテるんだろうな……恋人とかいるのかな）

訊きたい。でも訊くのが怖い。十三年越しに初恋を自覚してしまって、どうしたらいいのかわからない。

健斗はグラスを呷《あお》った。口あたりがよく、飲みやすい。だけど食道を流れ落ちると、腹の中がカッと熱くなった。

「何か召し上がりますか」

声をかけられて顔を上げると、マスターが前に立っていた。そういえば、仕事終わりにそのまま来たので夕飯を食べていない。メニューを見て、食事になりそうなものを頼んだ。

「あと、同じのください」

グラスを差し出す。マスターは手早くおかわりを作ってくれて、調理を始めた。フードメニューはマスターが担当しているらしい。

鶏肉《とりにく》と秋野菜のオーブン焼きは、いい色の焼き目がついていてハーブの香りがしておいしかった。すっきりしたカミカゼとよく合う。ついごくごくと酒が進んだ。

(俺、どうしようかな)

玲に目をやる。他の客と談笑していて、ちっともこっちを見てくれない。健斗はまたグラスを呷った。

(俺には冷たいのに)

その後も、玲は他の客の相手ばかりして、なかなか健斗のところに来てくれなかった。仕方がない。別に健斗専用のバーテンダーじゃない。愛想がいいのも、笑うのも、仕事だからだ。

(ああでも)

でも、見せたくないなと思う。その笑顔も、綺麗な指も、あんまり他人に見せびらかさないでほしい。もっと、もっと俺の——

健斗はひたいを押さえた。まずい。そうとう酔っている。眩暈《めまい》がして、黄昏色の光がぐらぐらと揺れた。

「ちょっとお、大丈夫？」

ピンクの店員が覗き込んでくる。ピンクの髪に、ピンクの唇。ピンクの渦がぐるぐると回って、目が回った。

（あーだめだ）

もともと酒には強くなかった。何杯目かわからないグラスを空けたあと、健斗はカウンターに突っ伏した。

「……斗」

目を覚ましたのは、肩をぐらぐら揺すられたからだ。

「おい、健斗。起きろ」

「あー…」

うっそりと身を起こす。目をしばしばさせながらあたりを見回すと、ずいぶん客が少なくなっていた。隅の席に男が一人いるだけだ。ピンクの姿も見えなかった。

「あれ、ピンクさんは…？」

「ピンクはもう帰ったよ。バイトだからな。健斗も帰れよ。もうすぐ終電出るぞ」

玲はカウンターの中にいて、洗い物を始めた。時計を見ると、たしかに終電が近い。でも健斗は待機寮住まいだ。ここから歩いて帰れる。

「……玲さんって、どこに住んでるんですか？」

「この近くだよ」

「じゃあ……泊めてもらえませんか。俺、酔っちゃって」

ちょっと言ってみたかっただけだ。まだ酔いが残っていて、頭がふわふわしていたから。

「……」

玲は流しの水を止めた。濡《ぬ》れた手を、無表情で健斗の顔の前に突き出す。指先でピッと水を弾いた。

「うわっ」

目が覚めた。冷たい顔で、玲は笑った。

「おととい来な」

それからは、仕事帰りにたびたびマジックアワーに通うようになった。忙しくて行けない日が続くと、顔を見たくてたまらなくなる。財布事情もあるけれど、できるだけ足を運んだ。

その日は、ひとつ事件が解決して、十日ぶりに飲みに行った日だった。玲が「ひさしぶりじゃないか」と笑ってくれたので、嬉しくて飲みすぎた。スマートフォンを忘れたことに気づいたのは、寮の近くまで来てからだ。

仕事にも使うものだから、明日の夜に取りにいくというわけにもいかない。マジックアワーは閉店時間を決めておらず、最後の客がいなくなったら閉めるらしい。まだ開いているかもしれないと、健斗は踵《きびす》を返した。

幽霊ビルにたどり着く。このあたりは深夜過ぎまでやっている店は少なく、人通りはほとんどなくなっていた。そんな中に明かりのない古いビルが建つ景色は、まるでゴーストタウンみたいだ。健斗は急ぎ足でビルの横手に回ろうとした。

「ふざけたこと言ってんじゃねえぞ！」

怒鳴り声が聞こえてきて、びくりと足を止めた。

路地の入り口から、そっと覗く。

暗い路地に、ぽつんと地下の入り口の明かりが灯《とも》っていた。その中に二人の人影が浮かび上がっている。玲と、もう一人。男だ。

「おまえらのやってることなんざ、お見通しなんだよ」

（え）

ぎょっとしたのは、壁を背にした玲のすぐ横に、男がどかっと片足をついていたことだ。両手をポケットに突っ込んで、乱暴に。玲を脅しているみたいに。

（あの男）

見覚えがあった。健斗はいつも終電近くまで居座っているが、同じように遅くまでいる客が、もう一人いた。いつも一人で、隅の席で静かに飲んでいる。ずっと煙草《タバコ》をくわえていて、今時めずらしいヘビースモーカーらしかった。

三十代半ばか、アラフォーくらいだろう。無造作な短髪で、一応スーツを着ているけれど、いつも着崩れている。無精髭を生やしていることもよくあった。マジックアワーのインテリアは落ち着いたゴシック調で、女性客も多い。店の雰囲気からは浮いていた。

それに、目が。

目が、物騒な男だった。三白眼で、下からねめつけるような目つきに凄《すご》みがある。職業柄、健斗は人の目つきには敏感だ。悪いことを考えている人間はまず目に現れる。

男の目つきと佇《たたず》まいは、とても堅気だとは思えなかった。だからひょっとしてやくざなんじゃないかと、ひそかに気にしていたのだ。

その男が、玲を怒鳴りつけている。理不尽なクレームでもつけられているのかと、健斗は急いで助けにいこうとした。

その一瞬前に、男が言った。

「俺に隠し事したら、ただじゃおかねえからな」

（え？）

踏み出そうとしていた足が止まった。

「隠し事なんて……」

うつむいていた玲が、顔を上げた。

「するに決まってんだろ」

玲は笑っていた。

客に対する商業用の整った顔じゃない。健斗の相手をする時の、くだけた意地悪な顔でもない。胸がひやりとするような、冷めた微笑だった。

「ああ？」

男はぎりっと顔を歪《ゆが》めた。

「でも、俺はあんたを裏切らない」

笑った顔のまま、玲は言った。

「だって、俺とあんたは共犯関係だからな」

「…っ」

ざわっと一瞬で、男の怒りが沸騰したのがわかった。

(なんだ)

健斗は混乱していた。これはなんだ。

「……調子に乗ってんじゃねえぞ」

男は壁についていた片足をゆっくりと下ろした。そして、ポケットから両手を出した。

「おまえは俺の犬なんだよ！」

男が拳を振り上げるのと同時に、健斗は路地に飛び出した。

人生最速くらいの速さで走って、玲の前に立ちふさがる。その顔に、男の拳が命中した。

「ッ……！」

頬に拳がめり込んで、視界がぐらりと回った。

「け…健斗!?」

玲の声がする。ああまずい。倒れる。踏ん張ろうとしたけれど、まったく体に力が入らなかった。

武道をやっているので、痛みには慣れている方だ。でも顔への攻撃は御法度だし、なまじ強くなったせいで、まともに受けるのは久々だった。しかも見事に決まっている。人を殴り慣れている拳だった。

「えっ。なんだよ、こいつ」

「健斗！」

「おい、おれ、本気で殴ろうとしたわけじゃないぞ。ただ壁を…」

「うるさい！　失《う》せろ！」

路上に倒れた時、したたかに後頭部を打った。視界がぐらぐらして霞《かす》む。ビルに挟まれた狭い夜空が見えた。東京《とうきょう》の夜空に星は少ない。その乏しい星がぶれて、二重になった。

「健斗！　大丈夫か⁉」

玲の顔が夜空を覆い隠す。その顔が泣きそうに見えて、そんな顔を見るのは初めてで、ちょっと嬉しくなった。勘違いかもしれないけれど。


「健斗。……健斗？」

意識が飛んでいたのは短い間らしい。軽く頬をはたかれて目を開けると、視界は同じ、寂しい星空と玲の顔だった。

「大丈夫か？」

「あー…」

身を起こそうとすると、眩暈がした。目元を押さえて、ゆっくり上体を起こす。

「大丈夫です……」

「っ…、血が」

「え？」

鼻の下にたらりと垂れる感触があった。拳で拭うと、血がついている。鼻血だ。

「動くな。上向いてろ」

すぐそばに膝をついていた玲が、胸ポケットのチーフを鼻にあててくれた。背中を支えられて上を向かされる。

「大丈夫か？　救急車を呼んだ方が」

「あー、いや、大丈夫です」

鼻を押さえられているので、くぐもった声になった。

「でも頭を打ってるし……」

「軽い脳震盪《のうしんとう》ですよ。俺、空手と剣道やってるんで、どっちも経験ありますから」

「……」

「少し休めば平気ですから」

（あー、俺、かっこ悪いな……）

目だけ動かしてあたりを見ると、短髪の男はいなくなっていた。助けようとしたのに、このざまだ。玲には格好悪いところばかり見られている。

「とりあえず、中に入ろう」

もう秋も終わりで、路地裏はひどく冷える。玲は健斗の片腕を自分の肩に回した。背中を支えて、立たせようとする。

「自分で歩けます」

「いいから」

「さわっていいいんですか」

「黙ってろ」

不機嫌なような、怒っているような。でも、健斗に怒っているわけじゃないように見えた。

身長差があるので、なるべく体重をかけないようにして歩いた。地下に行くのかと思ったら、玲はビルの表側に向かう。玄関から中に入って、エレベーターのボタンを押した。

年代物のエレベーターだが、ちゃんと稼働しているらしい。すぐに扉が開いた。乗り込むと、玲は四階のボタンを押した。

「上に行くんですか？　地下じゃなくて？」

「俺、ここの四階に住んでるから」

「え。ここ、昼間は人がいないって聞きましたけど……幽霊ビルって呼ばれてるって」

「よく知ってるな。今はマスターがビルごと借りてるんだよ。マスターはここに住んでないけど。一階から三階までは人はいない」

「そうなんですか……」

がたごと揺れるエレベーターは、それでも無事に四階に着いた。扉が開くと、普通のオフィスっぽいスチールのドアがある。玲がポケットから鍵を出してドアを開けた。壁を探って、明かりをつける。

「――」

変わった空間だった。倉庫やガレージを住居にした写真を見たことがあるが、あんな感じだろうか。でももっと物が少なくて、がらんとしている。

小さなビルだけどワンフロアなので、ワンルームとしてはかなり広い。天井から古い蛍光灯が下がっているけれど、いくつかは灯っていなくて、広さに比して明かりは少なかった。家具も少ない。でも、壁のあちこちに絵が飾られていた。それが倉庫のような、アトリエのような、不思議な空間を作り出している。

「靴のままでいいから」

ドアを入ったところに普通の玄関はなく、タイル張りの床にサンダルや革靴、スニーカーが適当に置かれていた。西洋式らしい。玲はそこでサンダルに履き替えていた。

肩を抱えたまま、玲は健斗を部屋の中に連れていく。だだっ広いフロアの真ん中にカーペットが敷かれていて、ソファとローテーブルが置かれていた。四人くらい座れそうな大きなソファだ。そこで靴を脱いでくれと言われ、ソファに座らされた。ボックスティッシュを渡される。

「タオル取ってくる」

「すみません」

入り口に近い壁際に、業務用のようなステンレスのシンクとコンロがあった。シンク下の棚などはなく、パイプがむき出しになっている。その横にコンパクトな冷蔵庫。食器棚やテーブルはない。生活感のまるでないキッチンだ。そのそばにもうひとつドアがあって、玲はそこから出ていった。

「いて」

　頬に触れると、ずきずきと痛んだ。鼻を押さえていたチーフを取ると、血まみれになっている。白い綺麗なチーフだったのに。血はまだ止まっていないようだったので、ティッシュをねじって鼻に詰めた。

「………」

　所在なく、健斗はあたりを見回した。

　部屋の奥の方に大きなパーテーションが置かれていて、ワンルームの部屋を区切っている。その向こうに窓があるらしい。都会の夜特有の、遠くの道路を流れる車の音、電車の音、街のざわめきの音がひとかたまりになって響いてくる。

（あっちが寝室かな…）

　そんなことを考えていると、玲が戻ってきた。

「横になってろ」

　肩を押され、ちょっと乱暴にソファに押し倒される。絞ったタオルを顔にあてられた。

「これ……汚しちゃってすみません」

　チーフを渡すと、「こんなのいいよ」とそばにあったゴミ箱に放られた。

　玲はソファの前に膝をつく。濡れタオルで健斗の口元をそっと拭いた。血で汚れているんだろう。頬に触れられ、思わず「いてっ」と声を上げてしまった。

「ごめん」

　玲の顔がさっとこわばった。

「悪かった。変なことに巻き込んで……」

「いえ。俺が勝手に飛び出しただけですから」

「……」

　硬い顔のまま、玲は黙って健斗の顔を拭いている。訊かれたくなさそうだ。でも、思い切って口をひらいた。

「あの男……なんなんですか？　何かトラブルですか」

「なんでもない」

　玲はすぐに返す。健斗の目を見ない。

「でも、普通じゃないですよ。いきなり殴るなんて。やくざじゃないんですか」

「ふ」

　ほんの少しだけ、玲が笑った。楽しくて笑っている顔じゃない。ほころびから空気が漏れるような笑い方だ。

「違うよ。まあ、似たようなもんだけどな」

「トラブルなら、俺、力になりますから」

「いいよ。健斗には関係ない」

笑みの余韻が残った、でもばっさり切って拒絶する声だ。内心で傷ついたけれど、健斗は食い下がった。

「だったら警察に行った方がいいです。やくざじゃなくても、嫌がらせとか悪質なクレームとか、相談に乗りますから」

「いいって」

「でも」

「警察、嫌いなんだよ」

「えっ」

健斗はフリーズした。

「嫌いなんだ。虫唾《むしず》が走る。それにこっちは水商売だからな。警察なんて、できるだけ関わりたくない」

「……」

こくりと唾を飲んでしまった。

「タオル洗ってくる。それと、顔、冷やした方がいいな」

健斗の動揺には気づかない様子で、玲は立ち上がった。キッチン脇のドアから出ていく。

（……言えない）

ますます言えなくなってしまった。自分が警察官だとは。

「あー、くそ」

ぐしゃぐしゃと髪をかき回して、天井に向かって息を吐いた。普通の住居よりも天井が高い。チェーンで下がった蛍光灯は長方形のレトロな形だ。

（あの男）

普通じゃない。とても堅気だとは思えなかった。でも、玲とただならない関係にあるらしい。

──俺はあんたを裏切らない。

──だって、俺とあんたは共犯関係だからな。

自分は彼のことを何も知らない。あらためて、それを突きつけられた気がした。知らない。教えてもらえない。立ち入ることができない。手も足も出ない。

（俺……どうしよう）

ため息を吐《つ》いて、あたりを見回した。

ソファが置かれているここはリビングスペースなんだろうけど、テレビはない。かわりのように、向かいの壁に絵がかけられていた。油絵だ。

大きな絵だった。四人掛けのテーブルくらいの大きさがある。額には入っていなくて、むき出しのキャンバスがそのままかけられていた。見たところ、部屋にある絵は全部そうだ。

（マジックアワー……）

芸術の素養はないので、いい絵なのかそうじゃないのかわからない。そもそも抽象か具象なのかもよくわからなかった。何が描いてあるのか、いまいち判別がつかないのだ。

でも、黄昏の風景を描いたんじゃないかという気はした。キャンバスの上の方は深みのある青で、下に行くにしたがって紫や薔薇色《ばらいろ》、オレンジ色に変化していく。下にあるシルエットは、街並みのようにも山並みのようにも見えた。

見回すと、他の絵もそんな感じだ。大きさは色々だけど、たとえば雨に濡れたガラスのように見えたり、緑がモザイク模様になっていたり、暗い水面に映った月のようだったり。なんの絵なのかはっきりとはわからないけど、なんとなく、この景色を知っている、という気分になる。そしていろんな情景や感情が、古い映画のワンシーンみたいに自分の中に浮かんでくる。

この絵、好きだな、と健斗は思った。玲が描いたんだろうか。

「——悪い。うち、冷却シートとかなくて」

玲が戻ってきた。水と氷の入った洗面器をセンターテーブルに置く。

「そういえば、健斗、店にスマホ忘れていっただろ」

スラックスのポケットから健斗のスマートフォンを取り出す。そういえば、これを取りに戻ってきたんだと思い出した。礼を言って受け取った。

玲は氷水にタオルをひたして絞ると、健斗の頬にそっとあてた。殴られた頬はじんじんと熱を持っていたので、冷たいタオルが心地よかった。

「腫れるかな……」

「たいしたことないですよ。さっきも言ったけど、俺、空手と剣道やってるんで、このくらい日常茶飯事ですから」

「強いんだな」

ふ、とまた玲が笑った。さっきのような皮肉な笑い方じゃない。ゆるんだような笑い方だ。

嬉しくなって、健斗は言った。

「そうですよ。俺、強いんです。だからいくらでも頼ってください」

「はは」

笑って、玲は健斗の前髪をくしゃりとした。

「ほんと……大きくなったな。がんばったんだな。偉いよ、健斗は」

子供扱いされているのは、ちょっとくやしい。でも細めた目が見たことがないくらい優しくて、なんだか寂しそうにも見えて、胸がぎゅうっとなった。

髪から手が離れていく。その手をつかみたくて、でもできなくて、代わりに健斗は言った。

もう少しそばにいてほしくて。

「あの絵」

壁にかかった黄昏色の絵を指さす。

「玲さんが描いたんですか?」

「ああ――いや、違うよ」

絵に目をやって答えると、玲はカーペットに腰を下ろした。壁の絵を眺める。

「……知り合いが描いたんだ。置く場所ないから、預かってるだけ」

「綺麗な絵ですね」

今度は息も声も漏らさず、玲は口の端だけを上げた。

「――マジックアワー」

「え？」

健斗が呟くと、玲はこちらを向いた。

「あの絵、黄昏の風景に見えるから……。子供の頃に教えてくれましたよね。あんな光が射す時間を、マジックアワーっていうんだって」

川原に通っていた頃のことだ。天気のいい日の夕暮れ、川原に行くと、彼がただぼうっと夕《ゆう》陽《ひ》を眺めていることがよくあった。

太陽は大きな橋の向こうに落ちていく。橋と、そこにとまるカラスのシルエットが夕焼けの中に浮かび上がっている。空は群青から茜色《あかねいろ》、金色まで複雑なグラデーションになっていて、その色が二重写しに川面に映っている。空に星はまだ見えない。かわりに地上の明かりがはるか遠くまで続いている。

呼吸を忘れて見つめてしまうような景色だった。見ている間にも刻々と、空の色、雲の形が変わっていく。

健斗は彼の隣に立って、一緒に夕暮れを眺めた。そんな時に、彼がぽつりと言ったのだ。こういう時間をマジックアワーっていうんだって。

「マジック？　手品？」

「手品じゃなくて、この場合は魔法だな。もともとは撮影用語で、魔法のように美しい写真が撮れる時間ってことらしい」

「ふうん」

「日の出のすぐ後か、日が沈む前の少しの時間しか見られないんだ。昼でも夜でもない、曖昧な時間。人々が動き出す前、あるいはもう家に帰ろうとする頃——そんな時間に、世界はもっとも美しく輝く。何か……世界の不思議を見ている気がするよ」

「……」

遠い目をしてそんなことを呟く彼の方が、健斗にとっては不思議だった。不思議で——とても綺麗だ。

「あの言葉を覚えていたから……だからこのビルで店の名前を見た時、もしかしてって思ったんです。手品の上手い人がいるって聞いたし、もしかしてあの人に会えるかもって」

「……」

玲はぼんやりと絵を眺めている。健斗の方を見ない。

健斗はソファの上で上体を起こした。鼻に詰めたティッシュを抜き取る。血は止まったみたいだ。ティッシュをゴミ箱に捨てて、カーペットに足を下ろした。

「俺、ほんとにずっとあなたのことを捜してたんです。会えて、本当に嬉しかった」

玲の方に身を乗り出し、顔を覗き込んだ。

「玲さん、お願いです。話してもらえませんか。さっきの人、なんなんですか？」

「……健斗には関係ない」

玲はやっぱり健斗の方を見ない。顔を背けたまま、立ち上がった。

健斗も立ち上がる。離れていこうとする手首を、とっさに握った。

「…っ、離せよ」

振り返って、玲はぎゅっと眉をひそめた。

「さわられるの、嫌いなんだって言っただろ」

「離しません」

苛立《いらだ》った顔をしている。怒っている。でも、引かなかった。

「俺、あなたの力になりたいんです」

一歩近づいて、言った。

「あの時、俺はあなたに助けてもらったから……だから、今度は俺があなたの力になりたいんです」

「必要ない」

玲は冷たく顔を背ける。力をこめて、健斗の手をふりほどこうとした。

健斗は握る手に力を入れる。しばらく、無言で力の応酬があった。

力だったら、今は健斗の方が上だ。びくともしない手に、玲はさらに苛立ってきた。

「離せよ…っ」

「離しません」

玲の前に回り込んで、真正面から顔を見つめた。

「俺、あの時は子供だったから、助けてもらうばかりだったけど……今なら、玲さんの力になれます。腕力だって、たいていの相手には負けません。さっきはとっさに飛び出たから殴られたけど、一対一で向き合えば、勝つ自信があります」

「いいって言ってんだろ。俺に関わるな」

玲はかたくなに視線を合わせない。健斗はさらに言葉を継いだ。

「お願いです。あなたの力にならせてください。仕事だって、ほんとは俺」

「俺のことなんか放っておけよ！」

言葉の途中で、玲が苛立って声を荒らげた。

「がんばって強くなったんだろ。真面目に生きてきたんだろ。だったらもう俺のことなんかかまうな！」

「嫌です！」

「なんでだよ」

「だって俺」

口にする前に、顔にカッと血が上った。

でももう止められない。彼を離したくない。その一心で、健斗は言った。

「俺——あなたのことが好きだから」

玲は訝《いぶか》しげに眉をひそめた。

「……どういう意味だよ」

「や、あの、だから」

いたたまれなくなって、握っていた手を離した。拳で口元を覆って顔を逸《そ》らす。

「だから、その……そういう意味で、好きです」

「……」

玲は黙っている。しばらくして、言った。

「健斗、同性が好きなタイプなのか？」

「わかりません」

開き直って顔を上げた。

「男の人とつきあったことはないけど、玲さん以上に好きになった人がいないんで」

「……」

玲は少し考える顔になる。それから、口をひらいた。

「おまえのはさ、ほら、あれだよ。ひよこが初めて見た相手を親だと思うみたいな」

「俺、十二歳でしたよ。もうひよこじゃないです」

「じゃなかったら、初恋は学校の先生とか、年上のいとことか、そんなのと同じだろ。身近にいる大人をかっこいいと思っちゃうんだよ。まだ世間を知らないから、勘違いしてるんだ」

世間話みたいな、一般論みたいな、年下を教え諭す口調だった。

「俺の気持ちが……勘違いだっていうんですか」

「ああ」

川原で出会った魔法使いのことは、誰にも話したことがなかった。母親にも、祖父母にも、世話になったたくさんの人にも。心の奥の奥――誰にも見つからない場所に、そっとしまっておいたのだ。宝物みたいに。

その宝物を、ぽんと脇によけられた気がした。ありきたりな、どこにでもあるものみたいに。よりによって、彼本人に。

「……あなたにそんなこと言われたくない」

抑えた声で呟くと、玲は顔をしかめて健斗を見た。

「人生に光をくれた人を好きになって、何が悪いんですか！」

「…っ」

大きな声が出てしまった。玲がびくりと身を震わせる。でも止まらなかった。

「あなたは俺に光をくれた。あなたがいたから、俺はここまで歩いてくることができた。つらい時も、苦しい時も、あなたがくれた光が胸にあったから……っ」

「――」

はっとしたように、玲が目を見ひらいた。

片手をそっと伸ばしてくる。指が頰に触れた。その指先がひどく冷たくて、冷たさに喉がひくりと震えて、言葉が止まった。

「……泣かないでくれよ」

言われて、いつのまにか自分が涙をこぼしていたことに気づいた。

泣いたのなんて、久しぶりだった。あの時――川原で玲と最後に会った時以来だ。あれからどんなに悲しいことがあっても、どんなにつらくても、泣かなかったのに。こらえることができたのに。

玲は健斗を弱くする。強くしてくれたのも彼なのに。健斗を傷つけて、格好悪くして、みっともなく足搔《あが》かせる。そんなのは玲だけだ。

（くそ。なんだよもう）

健斗は目元をごしごしと袖でこすった。

玲はうつむいて濡れた自分の指先をじっと見ている。しばらくして、ぽつりと呟いた。

「健斗の涙は、綺麗だな」

「え」

「こんな涙を流す人間は、俺の周りにはいなかったな……」

顔を上げる。憐《あわ》れむような目をして、玲は言った。

「やっぱりおまえは勘違いしてるよ」

「……どういう意味ですか」

「俺はそんなたいそうな人間じゃない。おまえが思っているような人間じゃない」

「だったら知りたいです。本当の玲さんを知りたい」

すぐそばにいるのに、つかまえられない。近づけば近づくほど遠ざかる逃げ水みたいだ。もどかしい思いで、必死に言った。

「玲さんのことが知りたい。もっと近くに行きたい」

「だめだ」

「どうしてですか！」

「俺はきっとおまえを傷つけるから」

あんまりにもはっきりと、確定事項のように言うから、二の句が継げなくなった。

「――健斗」

玲はもう一歩近づいてきた。吐く息が届くくらいの距離だ。そして ゆっくりと両手を上げると、健斗の頬に触れた。

「…っ」

武者震いみたいに、小さく体が震えた。

手は優しく、包み込むように両頬に触れる。黒い静かな瞳が健斗を見つめている。反射的に両手が動いた。抱きしめたい。そんなのもう本能だ。

「動くな」

釘《くぎ》を刺すようにぴしゃりと、玲が言った。健斗は両手をびくりと止めた。

「俺にさわるな。いいか、そのまま動かずにいろ」

（そんな）

綺麗な顔をして、この人は本当にひどいことを言う。めちゃくちゃだ。

両手で健斗の頬を挟んで、玲がさらに近づいてきた。体温を感じる。顔を寄せてくる。

（うわ）

間近にある瞳が健斗を見つめている。その瞳から、目が離せなくなった。

ああやっぱり、この人の目は夜みたいだ。暗く、深く、静かで、澄んでいて、冷たくて、寂しい――

「健斗……」

吐く息が唇に触れる。もう唇と唇が触れそうだ。触れたい。抱きしめて、自分から唇を合わせたい。でもできない。

「…っ…」

瞬間、思わず健斗は目をぎゅっとつぶってしまった。

「――」

ふわっと、体温を感じた。

頬に触れていた手のひらは冷たかったのに、彼の体は温かかった。抱きしめられている。彼の方から。

パニックになりそうな健斗の耳元で、玲が囁いた。

「いい男になったな、健斗」

「え…」

「会えてよかったよ」

一瞬だけ、首に回された両腕にぎゅっと力がこもった。

「――」

ほんの瞬きの間だ。夢だったみたいに、玲の腕から力が抜けた。

「でも、やっぱりもう店には来ない方がいい」

余韻と冷たい声だけを残して、玲の体が離れていく。さっきまで密着して体温を感じていたのに、体と体の間に隙間ができる。

「――嫌です！」

とっさに、健斗は離れていこうとする体を引き寄せた。

「嫌だ。離れない」

「…っ、健斗、わがまま言うな」

腕の中で玲が身をよじる。かまわず、きつく抱きしめた。十三年分の思いをこめて。

「嫌だ。嫌だ。好きです」

「健斗」

「好きです。絶対に離れない……！」

「……っ」

両手で肩をつかまれた。

ぐっと、強い力で引き剝がされる。細身の人だけど、意外に力がある。健斗の両腕はむなしく宙に浮いた。

「……さわんなって言ってんだろ」

うつむいて、低い声で玲が言った。

あ、まずい、と思った。

このシチュエーションは覚えがある。無意識に攻撃を予測して、腹の筋肉に力をこめた。

その腹に、玲の蹴りが命中した。

「ぐっ」

さいわい背後にソファがあった。吹っ飛んだ健斗はソファに受け止められた。

「……」

はあ、と玲が大きく息を吐いた。

「うう」

最初に蹴られた時に比べれば、手ぬるい蹴りだった。いちおう手加減はしてくれたらしい。

「――シャワー浴びてくる」

それでも咳《せ》き込む健斗にはかまわず、玲はくるりと後ろを向いてすたすたと部屋を出ていった。

「ひでえ……」

健斗はずるずるとソファに倒れ伏した。

ドアの向こうにバスルームがあるらしいが、物音は聞こえない。パーテーションの向こうから、夜の街の喧騒《けんそう》が寄せては返す潮騒《しおさい》みたいに響いてくる。

しばらくすると、玲が戻ってきた。髪が湿っていて、Tシャツにスウェットのラフなスタイルになっている。そんな恰好《かっこう》を見たのは初めてで、ひそかにときめいた。

それから玲はパーテーションの向こうへ行くと、毛布を持って戻ってきた。ばさりと健斗の上に放る。

「今日だけは、泊まっていい」

フラットな声で、そんなことを言う。優しいのか酷《ひど》いのかよくわからない。

「あっちのドアの向こうにトイレと風呂があるから。置いてあるものは適当に使っていい」

「はあ…」

「じゃあ、俺は寝るから。朝になったら勝手に出てってくれ。鍵はかけなくていい。どうせ人なんて来ないからな」

淡々と言うと、玲はソファの横に置かれていたフロアライトの明かりをつけた。壁際まで行き、天井の明かりを消す。もともと明るくはなかった部屋に、さらに暗がりが広がった。

「あの、玲さん」

「こっちには来るなよ。俺には指一本さわるな」

言い捨てて、玲はパーテーションの向こうに消えた。

パーテーションの向こうで、しばらくは小さな物音がしていた。クローゼットか何かの扉を開ける音。衣擦れの音。ベッドのスプリングが軋《きし》む音。

だけど広い部屋なので、そんなに近くに聞こえるわけじゃない。やがて静かになると、部屋の中を満たすのは外から聞こえる街の音だけになった。

そばにいるのに、触れられない。どれだけ近づいても、遠い。

（ああくそ）

きついなあ、と思った。

普通の恋愛だったら、きっとこんなわけのわからない苦しさはないのに。殴られたり蹴られたりすることもなくて、いろいろもっと簡単なのに。

だけどやっぱり、彼がよかった。似ている顔の女性が百人いたって、千人いたって、彼がいい。

だからもうしょうがない。受けとめるしかない。

受けとめて、乗り越えて、いつかもっと近くへ行けたら。

(俺、諦めませんから)

勢いで告白してしまったことで、腹が決まった。心の中でパーテーションの向こうの玲に言って、健斗は風呂を借りようと立ち上がった。

◆

夜の街の底を電車が走っている。

夜に聞く電車の音は、どうしてこんなにたまらない気持ちにさせられるんだろうと思う。

どこへも行けない、という気分になる。どこかへ行きたいわけじゃないのに。

昼近くに目を覚まし、パーテーションの向こうへ行くと、健斗《けんと》の姿はもうなかった。ソファの上に毛布がきちんと畳まれて置かれている。行儀がいい。ローテーブルの上には、手帳を破ったらしいメモが残されていた。

『お世話になりました　また店に行きます』

「……懲りねえな」

ため息をついたつもりだったけれど、口の端がゆるんで苦笑いになった。

その数時間後に、ピンクがやってきた。

二階の楽屋で着物を着させられ、また顔にあれこれ塗りたくられる。今日は多葉田章大《たばたあきお》が勤める法律事務所に行く予定だった。

「玲《れい》ちゃん、顔色悪くない？　うっすらクマできてるし。寝不足？」

「別に」

「クマはメイクで消せるけど……あ、でも、ずっと介護してきたお父さんが亡くなったら消息不明だった弟が現れて遺産を要求される、って設定だから、憔悴《しょうすい》してる方がいいかもね」

メイクを終えてウイッグをかぶると、マスクをした。風邪をひいているという設定だし、女装の上にマスクをすれば、玲を知っている人間に会ってもまずばれない。

法律事務所には、あらかじめ知人の紹介として多葉田を指名して予約を入れてあった。タクシーで西新宿《にししんじゅく》に向かう。高層ビルの上層階にあるオフィスはなかなか金がかかっていて、羽振りはよさそうだ。事務員に個室に案内されて、多葉田を待った。

「お待たせしました」

ドアが開いて、玲は立ち上がった。

多葉田が部屋に入ってくる。マスクを取って、一礼した。

「よろしくお願いします」

「――」

反応はあからさまだった。多葉田はまるで幽霊でも見たかのように立ちすくみ、玲の顔を凝視している。口が半開きになっていた。手から書類がばさばさと落ちた。

「あの、何か…？」

ピンクに教わった女声の出し方を駆使して、小首を傾《かし》げる。多葉田はハッと我に返った様子で、あわてて書類をかき集めた。

「し、失礼しました。弁護士の多葉田です。よろしくお願いします」

名刺を差し出して、向かいに座る。相談内容は事前にメールで送ってあった。多葉田はそれを確認しながら、ちらちらと上目遣いに玲を見る。玲は気づかない素振りでマスクをかけ直した。

「すみません、風邪気味なので……相談したい内容はメールに書いた通りですが」

「あっ、はいっ。えーと、亡くなられたお父様の遺産についてですね。そうですね、ご相談の状況ですと……」

マスターの調査によると、多葉田は高校時代は地味で目立たない生徒だったらしい。けれど弁護士として成功している今、それなりに格好がついている。肩書きと地位を手に入れて、自信がついたんだろう。だから人形を盗むなんて大胆なことができたのだ。

だけど今、記憶の中の少女とよく似た顔を前にして、多葉田はすっかり少年に戻っていた。瞳は潤み、頬はかすかに紅潮して、吐く息が少し荒い。正直、ちょっと気持ち悪い。

(童貞かよ)

多葉田は女性との交際には積極的じゃないらしい。弁護士だし、顔も悪くはないから、それなりにもてるだろうけど、あまり発展しないそうだ。「女は打算的だ」と言っていたこともあるという。

多葉田にとって、永久子はきっと純粋で汚れのない理想の女性なんだろう。若くして亡くなってしまったから、なおさら。

その永久子が、成長して目の前にいる。生きた肉体を持って。玲が上目遣いに見つめると、ごくりと喉が動くのがわかった。

「――すみません、もう時間ですね」

今回は依頼ではなく、法律相談のみだ。壁の時計を見て、玲は切り上げる素振りをした。

「今日は本当にありがとうございました。先生に相談できて、少し気持ちが楽になりました」

エサをつけた釣り針を、引っ込めるように軽く引く。すると、ターゲットが前のめりになった。

「あっ、あの、園田《そのだ》さん」

園田鞠子《まりこ》というのが、今回使っている偽名だ。

「もしよかったら、私にこの件を任せてくださいませんか。正式に依頼していただければ、以降、弟さんへは私が対応します」

「でも、弁護士さんに依頼すると、お金がかかってしまいますよね……」

うつむいて、玲はそっとため息をこぼした。

「お恥ずかしい話ですが、父の介護にお金がかかってしまって、あまり手元に資金がないんです。遺産もすぐには現金化できないものが多いし……とりあえず、弟には遺留分のみで納得してもらえるよう、どうにか説得してみますので」

「ですが、お話では弟さんはずいぶん強硬な態度に出られてますよね。それに少々乱暴なところがあるようですが」

「そうなんです」

玲は手に持っていたレースのハンカチを口元にあてて、うなだれてみせた。

「弟は、昔から気に入らないことがあると怒鳴ったり物を投げたりして……父と大喧嘩《おおげんか》して家を出た時も、父を殴って」

声を詰まらせて、目を伏せる。多葉田は立ち上がってデスクを回り込んでくると、玲の肩に手をおいた。

(さわるんじゃねえよ)

軽く虫唾《むしず》が走った。だからこんな役目は嫌なのだ。

でも、ぐっとこらえる。しかたない。仕事だ。

「大丈夫です。私がいれば、園田さんには指一本触れさせません。それに、弁護士は依頼人の利益を守るのが仕事です。決して法外な請求はしませんし、相続の他の部分でも力になれると思います。結果として大きなプラスになるとお約束しますよ」

自信に満ちていて、頼りになりそうだ。玲は感激したように瞬《まばた》きしてみせた。

「ありがとうございます。先生に相談できてよかったです。少し考えてみて、またご連絡しますね」

「ぜひ。お待ちしております」

多葉田は満面に笑みを浮かべた。

(よし。かかった)

第一段階——釣り針にひっかける段階は、クリアだ。ハニートラップや口で丸め込むのはピンクやマスターの仕事だが、今回は玲の顔がフックになった。他の相手だったら、いくら女装が完璧でもこうはいかなかっただろう。

恋心は弱点だ、と思う。

恋や執着は弱さになる。判断を狂わされ、目を眩《くら》まされ、足を取られる。そして——落とし穴に落ちる。

（俺はそんなふうにはならない）

強い執着は、いつかきっと命取りになる。自分は泥棒だ。だからこそ何かに執着したりしない。

フックに引っかかったら、次はエサをもっと深く飲み込ませなくちゃいけない。多葉田は職場の近くにマンションを借りている。その近辺のよく行く店はチェックしてあった。数日後、そのうちのひとつに多葉田が入ったと尾行していたマスターから連絡を受け、玲は準備してその店に向かった。

多葉田がよく夕食をとるという、カジュアルなレストランだ。園田鞠子は自宅で華道を教えているという設定だが、常に着物なのは不自然なので、今日はタートルネックのセーターにフレアスカート、ロングコートという服装だ。そして頬に大きなガーゼを貼った。その姿で店に入り、店内を見回す。

多葉田は一人で食事をしていた。玲の姿を見ると、驚いたように立ち上がった。

「園田さん？」

「あ……多葉田先生。偶然ですね」

玲は力なく微笑んでみせた。

「ど、どうしたんですか、そのお顔」

「ええ、ちょっと……」

憂いたっぷりにうつむいてみせる。二人掛けのテーブルについていた多葉田は、向かいの席を示した。

「あの、よければお話を聞かせていただけませんか。弟さんが何か？」

「ええ……でも」

「今はプライベートな時間です。相談料金は発生しませんよ」

「……じゃあ」

迷っている素振りを見せつつ、玲は向かいの席に腰かけた。

「そのお顔、もしかして弟さんですか？」

「ええ……父の存命中に私が財産を使い込んだんじゃないかって、家の中や私の部屋を探し回るんです。そんなことしてない、介護にお金がかかったんだって言っても信じてくれなくて」

「それで手をあげたんですか。ひどいな」

多葉田は真剣な顔で眉をひそめる。

「それに私が法律事務所に相談に行ったことも気に入らないみたいなんです。家族の問題なのに、他人に首を突っ込ませるのかって。もう私、どうしたらいいのかわからなくて……」

うつむいて声を震わせ、ハンカチを目元にあてる。ハンカチの中に頭痛や眠気覚まし用のメンソールスティックを仕込んでいた。涙を拭うふりをして、それを少しだけ目の下に塗った。

「もう一度先生に相談しようかと事務所のそばまで行ったんですが、でも弟にばれたらまた暴れるから……」

目の粘膜にピリピリと刺激を感じる。何度か瞬きすると、ぽたりと一滴、テーブルに涙が落ちた。

ピンクから伝授された泣き落としの手法だ。効果は抜群だった。

「園田さん」

多葉田は半ば腰を浮かせ、身を乗り出して玲の手を握った。

（うっ）

嫌悪感が走る。なんとか抑えて、潤んだ瞳で多葉田を見つめた。目が痛い。

「先生……」

「大丈夫です。事務所は通さず、友人として力になりますよ。それならいいでしょう？」

「だけど、それじゃ」

「僕がそうしたいんです。だってほら、僕たちはこうやって一緒に食事をしている。もう友人でしょう？　友人の力になって何がいけないんです？」

多葉田は笑みを浮かべる。法律事務所のサイトにあったのと同じ、さわやかで信頼できそうな笑顔だ。玲は感激したように声を震わせた。

「先生……ありがとうございます」

笑おうとしたが、涙がさらに盛大にあふれてくる。止まらない。メンソールスティックを塗りすぎてしまったらしい。泣き落としもなかなか大変だ。

「す、すみません、安心してしまって……先生にお会いできてよかったです」

「ああそんなに泣かないで。僕にまかせてくれれば、何も心配いらないから」

多葉田は席を立って回り込んでくる。まるで恋人みたいに、玲の肩を抱いた。寒気がした。

「——それで、次の約束を取りつけたんだ？　玲ちゃん、やるじゃーん」

「これからはハニートラップはピンクの専売特許じゃなくなるね」

ピンクとブルーがおもしろがって口々に言う。憮然《ぶぜん》としながら、玲は箱に入れたグラスをマスターに差し出した。

レストランで使っているグラスだ。事前に調べて、同じ物を用意してあった。食事を終え、多葉田が席を立って会計に向かった時、すばやく水を捨ててバッグの中のグラスとすり替えたのだ。

「それで指紋取れるかな」

「やってみよう」

今回は鮮明な指紋を採取することができた。３Ｄプリンターを使って特殊なラバーに転写して、指サックの形に成型する。同じ条件で玲の指の偽造指紋を作り、玲の指紋を登録したロックを試してみると、あっさり開いた。

「よし。あとは防犯カメラか」

「単身者用の賃貸マンションだから、防犯カメラはエントランスにひとつだけだったよ」

ブルーが答える。

「管理会社がネットで監視してる。ネットワークに侵入してハッキングできたから、当日は別の日の映像を流すよ」

「マンション周辺のカメラの場所はこれ。なるべく映らないように気をつけてくれ」

防犯カメラの位置をチェックした地図を出して、マスターが言う。

「まあ夜だし、変装してマスクをしていればまず大丈夫だと思うが」

それをよく見て、頭に入れる。そろそろ決行だ。

「あいつ、警察に通報するかな？　自分が騙《だま》し取ったのに」

首を傾げて、ピンクが言った。

「多葉田は〝永久子《とわこ》〟に執着してるからな。弁護士だし、用心しておいた方がいい」

諸々《もろもろ》の準備が整ったところで、決行することにした。玲はマスターみたいに口が上手《うま》いわけじゃないし、あまり何度も会っているとボロが出る。

その日は着物を着て、外を歩く時はマスクをした。多葉田に誘われたのはフレンチレストランだ。前に会った時よりも高級な店だった。すすめられるまま、ワインを口にした。

多葉田はやたらに饒舌《じょうぜつ》だった。テンションが高く、一人でずっと喋《しゃべ》っている。玲は笑みを浮かべて聞いていた。

「こんなに楽しい時間はひさしぶりです。先生のおかげですね」

「今はプライベートでしょう。先生はやめてください」

「じゃあ……多葉田さん」

「もう一軒行きませんか、鞠子さん」

眼鏡の奥の目元を赤くして、多葉田が見つめてくる。寒気がする。

二軒目は、多葉田のマンションに近いバーだった。下心が透けて見えている。気づかないふりでついていき、さらに饒舌になった多葉田の話に相槌《あいづち》を打った。

「僕、普段は依頼人と親しくなることなんてないんです。鞠子さんは特別なんですよ」

「そうなんですか。嬉《うれ》しい……」

多葉田は早いペースでグラスを空けている。明らかにハイになっていた。だけどそれほど酒に強いわけでもないらしい。そろそろ味覚が怪しくなってきただろうというあたりで、彼がトイレに立った隙に、グラスに粉末の睡眠薬を入れて溶かした。

「私、ちょっと酔ったみたい……」

バーテンダーなので、玲は酒には強い。でも、酔ったふりをして頬を押さえて囁《ささや》いた。頬は上気したようにふんわりと赤い。さっきトイレに立った時に、ピンクに教わった通りにチークを入れてきたのだ。

「帯が苦しい……」

「……ッ」

多葉田は喉に食べ物でも詰まったような、変な顔になった。

「あ、あの……じゃあ、どこかで休んでいきましょうか」

「いえ、少し外の空気を吸えば楽になると思いますから……」

園田鞠子は世間知らずという設定だし、多少焦《じ》らした方が獲物は深く食いつく。バーを出て、少し歩いた。

多葉田のマンションの近くに小さな公園がある。そこでベンチに並んで腰かけた。

「鞠子さん、大丈夫ですか?」

「すみません……ちょっと気分が」

吐き気がする、というように手で口を押さえる。

「やっぱりどこかで休んだ方がいいな。あの、すぐそこに仕事用に借りているマンションがあるんです。そこへ行きましょう」

「でも……」

「休憩するだけですよ。気分がよくなったらタクシーを呼びましょう。今、車に乗ると、よけいに具合が悪くなるかもしれないでしょう?」

「……そうですね」

世間知らずの女が流されたふりで、多葉田のマンションに向かった。

都心の単身者向けマンションだ。住人同士の交流はほとんどない。夜の仕事をしている住人も多いようで、まだ宵の口の今、かえって人が少なかった。防犯カメラは対策済みだが、部屋に着くまで誰にも顔を見られなかったのはラッキーだった。

「仕事で遅くなった時のために借りている部屋なので、狭いし、何もないんですが」

そわそわと落ち着かない様子で、多葉田は玲を招き入れる。本人が言うとおり簡素な部屋だったが、家具や家電はひと通り揃《そろ》っていた。多葉田は玲にソファをすすめ、「水を持ってきます」とキッチンに立った。

間取りは1LDK。リビングスペースのここには、ソファセット、テレビ、キャビネットなどが置いてある。男の一人暮らしなのでそこそこ散らかってはいるが、住んでいる実家が別にあるせいか、物は少ない。

(人形はあっちか)

玲は寝室らしき奥のドアをちらりと見た。

事前にマンションの中は調べられなかったが、多葉田は人形を集めていることを家族に伏せているから、ここにあるはずだ。むしろ人形のために部屋を借りたのかもしれない。

「酔った時は、水をたくさん飲むといいですよ」

多葉田が戻ってきた。ミネラルウォーターのペットボトルからグラスに水を注ぎ、玲に手渡す。

「ありがとうございます」

受け取って水を飲む。多葉田はすぐ近くに立ったままで、玲を見下ろしてきた。

「……」

見られている。じっと見つめてくる視線を感じる。まとわりつくようなねっとりとした視線だ。玲はうつむいて顔を逸《そ》らした。

(薬が効くまで三十分から一時間……)

酒に混ぜて飲ませたのは、かなり強力な睡眠薬だ。そろそろ効いてきてもおかしくない。が、多葉田の目はますます熱っぽい光を帯びてきていた。

「少し横になってはいかがですか」

囁くように言う声も、熱くねばっこい。

「ええ、あの、大丈夫です」

「遠慮しないで。酔った時は横向きになるといいそうですよ」

肩に手をかけられ、ソファに押し倒されそうになった。

「だ、大丈夫ですから」

「帯が苦しくないですか？　少しゆるめた方がいい」

多葉田の手が背中に回った。

（こいつ）

「や…やめてください」

玲は身じろぎをした。いつのまにか多葉田が覆いかぶさっていて、足の間に体を挟まれていた。

「帯をゆるめるだけだから」

はあはあと息が荒い。その目を見て、玲は鳥肌が立った。完全に度を失っている目だ。

（まずい）

痴漢撃退用の催涙スプレーはこっそり持っていた。だがこれを使うとかなり暴れるので、住人に物音を聞かれて逃げる時に姿を見られる危険性がある。それに、治まったらすぐに警察を呼ばれるかもしれない。なるべく時間を稼ぎたくて、玲はどうにか穏便に逃れようとした。

「やめてください、多葉田さん」

「鞠子さん——くっ、帯が」

がっちり締めた帯が役に立った。解き方がわからないらしい。その隙に押しのけて逃れようとすると、多葉田は全身で玲を抱きしめてきた。

「鞠子さん」

尋常じゃない力だった。ざわっと背筋を震えが駆け上った。

「や……やめ」

体が硬くこわばる。呼吸が浅くなり、指先が震える。

（くそ）

人にさわられるのが怖くなったのは、盗みで生きていた頃からだ。

スリは生きていくための手段だった。生きるためには、盗むしかなかった。だって誰も助けてくれなかったから。

だけど時々、夢を見た。

財布を掏《す》った後、その手をつかまれる。振り払おうとしても離れない。拘束されて、動けなくなる。警察に連れていかれ、刑務所に入れられ、あいつは犯罪者だと指をさされ、世界中の人に見放されて――

そんな夢を何度も見るうちに、人に触れられるのが怖くなった。特に手をつかまれたり、体の自由を奪われたりするとだめだ。反射的に逃げたくなる。逃げられないと、恐怖で体がこわばる。

（怖い）

玲はぎゅっと目をつぶった。

ここが現実なのか夢の中なのかわからなくなる。暗い中、ただ逃げなくちゃという意識だけで頭の中がいっぱいになる。

逃げろ。逃げろ。怖いものが追いかけてくる。それはいつでも、今も、すぐそこにいる。ほら、おまえのすぐうしろに。逃げても逃げても、必ず追いかけてくる。べったりくっついて離れない、自分の影みたいに。

(怖い)

両腕ががっちりと玲を抱きすくめてくる。逃げられない。怖い。怖い。怖い。

(誰か)

誰か助けて——

「鞠子さん」

着物の上から、多葉田の手が玲の体をまさぐってくる。

「ま、まりこさん……ぼ、ぼくはあらたが」

多葉田の荒い熱い息が頬に触れる。が、その口調がおかしくなってきた。ろれつが回っていない。

「あれ？　なんだ……」

玲はきつく閉じていた目を開けた。

多葉田は玲の上で、片手でひたいを押さえていた。目がうつろで、視線が定まっていない。

「くそ、頭が……」

ふらふらと頭を揺らしたあと、すうっと幕が下りるように瞼が下りた。多葉田はばたりと玲の上に倒れ込んだ。

体にまったく力が入っていなくて、ずしりと重い。玲は多葉田の両肩をつかんだ。ぐっと押しのけて、その下から逃れ出る。

「……」

見下ろして、しばらく待つ。起きる気配はなさそうだった。玲は長く息を吐いた。

(助かった)

あやうくパニックになるところだった。やっぱりハニートラップは自分には向いていない。

膝をついて、うつぶせになった多葉田の呼吸を確かめる。深く長い、規則的な寝息をたてていた。

玲は立ち上がって奥のドアへ向かった。ドアを開け、壁のスイッチを探って明かりをつける。

「――」

明るくなった室内に、息を呑《の》んだ。

人形。

人形がずらりと並んで、みんなこっちを見ている。

部屋にはベッドとデスクセットが置かれていたが、それ以外の壁はすべてガラスキャビネットで占められていた。キャビネットの中には、人形。人間の赤ん坊くらいの大きさのものから片手に乗るサイズまで、さまざまな人形が飾られている。

西洋人形。日本人形。幼いものから、ほぼ大人に見えるものまで。共通しているのは、すべて少女の人形ということだ。髪型も服装も瞳の色もさまざまな少女人形たちが、閉じることのないガラスの瞳でじっとこちらを見つめてくる。

(気持ちわりい)

玲はぞっとした。人形コレクターとはこういうものなのかもしれないが。

よくこんな部屋で眠れるなと思いながら、永久子の人形を探した。

あった。一番豪華なキャビネットの中央だ。

かなり大きな人形だ。身長六十センチくらいある。写真集で見たのと同じ赤紫の振袖を着て、椅子に腰かけている。濡《ぬ》れたような黒い髪。黒い瞳。瞳はどことも知れない虚空を見つめている。

このキャビネットにだけ、武骨な電子ロックが取り付けられていた。玲は袂の中から指サックを取り出した。3Dプリンターで偽造した多葉田の指紋だ。それを人差し指にはめる。

その指を、電子ロックのセンサー部分に押し当てた。

ピーッ、と電子音が鳴った。

液晶画面に『エラー』の文字が浮かんだ。鍵は開かない。

「くそ」

さっきパニックを起こしかけたせいで、思ったよりも動揺しているのかもしれない。もう一度、慎重に指をあてた。

ピーッ。

『エラー』

焦りでじわりと汗が浮く。うまくプリントできていなかったんだろうか。

この電子ロックは、三回エラーを出したら解除コードを入力しなければ開かない仕様になっている。もう一回失敗したら、すべて水の泡だ。

いったん深呼吸をする。落ち着いて、少し角度を変えて、センサー部分に指サックをあてた。

「――」

一瞬、間があった。

ピッと小さな音がして、液晶画面に『認証』と文字が浮かんだ。

ふう、と玲は吐息をこぼした。

キャビネットの扉に指をかけ、そっと引く。

開いた。

(よし)

玲は帯に挟んでいたスマートフォンを取り出した。近くにいるはずのマスターに、ＯＫの連絡を送る。

指サックをはずして袂にしまい、今度は黒いシルクの手袋を取り出す。着物はいろいろ入れたり挟んだりできて便利だ。手品にも使えそうだが、もう着るつもりはない。

多葉田と会う時は指紋を残さないよう、もともと指の腹に薄くボンドを塗って乾かしていた。その上から、手袋をはめる。人形は依頼人の大切なものだ。傷つけないよう、そっと持ち上げた。

次に、袂から今度は大きな黒い羽根を取り出す。カラスの羽根だ。剝製から抜き取ったものだった。

その羽根を、永久子の人形が座っていた椅子の上に置く。扉を閉めて、寝室を出た。

ソファの横を通る時に多葉田の様子を窺《うかが》ったが、完全に眠り込んでいるようだった。眼鏡がずれていて、閉じた瞼《まぶた》はぴくりともしない。

そろそろと玄関まで行き、ドアに耳をつけて合図を待った。

コンコン、とノックの音がする。

開けると、マスターが立っていた。今は髭《ひげ》をつけておらず。目深にハンチング帽をかぶっている。左右をすばやく確認してから、すっと中に入ってきた。

「問題なしか」

「オールクリア」

「よし」

マスターは大きなスーツケースを持っていた。中には緩衝材が詰め込んである。その中に永久子の人形を横たえ、スーツケースを閉じた。

ドアから顔を出して人がいないのを確認して、一緒に部屋を出る。すれ違ってもなるべく顔を見られないよう、玲はマスクをしてマスターの陰になるように移動した。

さいわい廊下にもエレベーターにも人はいなかった。マンションを出る時に一人すれ違ったが、手元のスマートフォンを見ていて、こちらを気にする様子はない。

防犯カメラのない場所にマスターが車を停《と》めていた。後部座席に乗り込んで、玲は深々とため息を吐《つ》いた。

「死ぬほど疲れた……」

「なんだ。何か想定外のことでもあったか？」

運転席に座ったマスターが訊《き》いてくる。玲は長い髪のウイッグをむしり取るようにはずし、髪をぐしゃぐしゃとかき回した。

「想定外つか、想定以上っていうか……色仕掛けなんて、俺には無理だよ。鳥肌立った」

「はは。玲が色仕掛けしてるところ、見たかったな」

「もう二度とやらねえ」

少し走ったところで、防犯カメラの細工をしていたブルーを拾った。玲がマンションに入る前から出た後まで、すべて別の映像に差し替え済みだ。

「玲ちゃん、おつかれー。あれ、もう着物脱いじゃうの？」

「帯が苦しいんだよ。ブルー、ほどいてくれ」

「了解。…って、これ固いな。どうやってほどくの？」

「俺が知るか」

車は深夜の新宿をすべるように走っていく。ウインドウの向こうを、色とりどりのイルミネーションが光の帯を引いて流れ去っていく。

車の中で四苦八苦して着替え、マジックアワーのビルの前で降りた。マスターはこのまま依頼人に人形を届け、そのあとブルーを送っていくという。

「玲ちゃん、今日は大活躍だったね」

「おつかれ。ゆっくり休んでくれ」

二人と別れ、玲は一人でエレベーターに乗った。

ビルの中はしんと静まり返っている。年代物のエレベーターが、ガタガタと揺れながら上昇していく。

仕事を終えてこうやって一人でエレベーターに乗っていると、いつも少し放心する。外の喧《けん》騒《そう》や人の気配、誰かの思い、まとわりつく過去やしがらみ——そんなものが、上昇していくにつれて自分の体から剝がれ落ちていく気がする。

四階の部屋に入ると、バスルームに直行した。シャワーを浴びて、メイクを落とす。ようやく自分に戻った気がして、ほっとした。

髪を拭きながら、冷蔵庫を開ける。食事は下の店でマスターが作ってくれるものですませているので、冷蔵庫の中にはほぼ酒と氷しかない。つまみ用の缶詰がいくつか、キッチンの端に転がっているだけだ。

ビール缶を取り出して、リビングスペースに行く。明かりは間接照明だけにして、ソファに沈むように腰を下ろした。

缶のプルタブを開け、ごくごくと一気に半分ほど飲み干す。ビールは喉が気持ちいいだけで、酔うことはない。ローテーブルの上の煙草《タバコ》の箱を取り、一本振り出した。

ライターで火をつける。深く吸い込む。煙が自分の肺の中をゆったりとたゆたう想像。

一本の煙草を吸う間だけは、何も考えないことに決めていた。何も考えたくない。今だけは。

盗みを終えた直後は、いつも高揚感に包まれる。自分はうまくやった、ゲームに勝った、という感覚。

スリに成功した時もそうだ。まったく相手に気づかれずに獲物を手にした時の高揚。その瞬間にあふれ出る脳内麻薬は甘美で強力で、中毒者になって溺れてしまう犯罪者は少なくない。だけどこうやって煙草を吸っていると、だんだんそれが醒《さ》めてくる。現実が立ち上がってくる。

いったいいつまで、自分はこんなことを続けるんだろうと思う。

もう盗まなくても生きていけるのに、あれこれ理由をつけて続けている。もうとっくに中毒になっているんじゃないか。それとも、社会に対する復讐《ふくしゅう》か。

いつまでたっても、這《は》い上がったつもりでいても、結局自分は暗い場所でしか生きられないのかもしれない。社会の片隅の、陽《ひ》のあたらない場所。ゴミ捨て場をあさるカラスみたいに。

煙を深く吸って、吐き出す。体に悪いものだとわかっていても——だからこそ、煙草はゆるやかな陶酔と束《つか》の間の安息をもたらしてくれる。

視界に薄くもやがかかる。煙がゆらめきながら広がり、ほどけるようにとけていくのを、ただ眺める。

ソファの前には大きな油絵がかかっている。ゆっくりと夜に沈んでいくような、黄昏色《たそがれいろ》のグラデーション。ぼんやり見ていると、頭の中に夕暮れの光景が広がった。

マジックアワー。世界がもっとも美しく輝く、魔法の刻《とき》。

——どうしてこんなひどいことが起きるの？

ああ嫌だ。思い出してしまった。あのまっすぐな瞳。涙があふれていた。

——でも、綺麗《きれい》なものもきっとあるから。

嘘《うそ》だ。

いや、嘘を言ったわけじゃない。そう思いたかっただけだ。自分で自分に言い聞かせていただけ。

あの時に握らせた小さな光を、彼がまだ胸に抱いていたなんて。

「はは…」

意味もなく笑いが漏れた。ため息みたいにこぼした吐息は、煙草の煙に混じってとけていく。

――あの時、俺はあなたに助けてもらったから……だから、今度は俺があなたの力になりたいんです。

あいかわらずまっすぐで、そしてはっとするほど強くなった眼差《まなざ》しを思い出す。

今、彼に再会したのは、何か運命の壮大な皮肉なんじゃないか。そんな埒《らち》もない考えがふっと浮かんだ。

自分はもう、光なんて信じられなくなっているのに。

でも、もし。もしも本当にそんな光があるなら。

運命のいたずらみたいに玲の前に現れたあの男が、それを見せてくれるなら。

そうしたら、もしかしたら――……

窓の外から、新宿の夜の喧騒が流れてくる。眠らない街が動き続けている。フィルターのすぐ近くまで赤い火が迫ってきた煙草を灰皿に揉《も》み消して、玲は立ち上がった。パーテーションの向こうへ行き、窓にブラインドを下ろす。

髪がまだ湿っているけれど、かまわずベッドに潜り込んだ。目を閉じる。

とりあえず、今日はもう何も考えたくない。

◇

「うわ」

部屋に入った瞬間、健斗《けんと》は思わず声を上げてしまった。はっとして口を押さえる。修業が足りない。

（それにしても）

どうにも落ち着かない部屋だった。部屋にはガラスキャビネットが並んでいるのだが、そのすべてが人形で埋め尽くされているのだ。ひとつひとつは精巧でとても美しい人形なのだけど、揃ってぱちりと大きな目を開けて並んでいると、人形たちに監視されているような気になってくる。

（よくこんな部屋で眠れるなあ）

被害者は趣味で人形を集めているという。人形のコレクターなのだ。

「真柴《ましば》くん、こっち」

先に部屋に入っていた花岡《はなおか》が、ひとつのキャビネットの前で健斗を呼んだ。

「見て」

白い手袋をはめた手で、キャビネットの中を指さす。

部屋の一番いい場所に置かれた大きなキャビネットだ。その真ん中の段に、ぽっかりとスペースが空いている。そこには椅子が置かれていた。人間には小さすぎる椅子だ。

その椅子の座面に、奇妙なものが置かれていた。並んでいる美しい人形たちにはまったくそぐわない、場違いなものが。

大きな黒い羽根。

「カラス……！」

健斗は思わずまた声を上げてしまった。

「え、これ、あのカラスってことですか？　取り返し屋の？」

「まだわからないわ。調べてみないと。ネットで噂《うわさ》になってるから、模倣犯ってことも考えられるし」

花岡は冷静に言う。

「この羽根は鑑識で詳しく調べてもらいましょう。まずは被害者に話を聞きましょうか」

花岡はいったんキャビネットの扉を閉める。アンティーク風の豪華なキャビネットだが、扉に後付けらしい電子ロックがついていた。指紋で開けるタイプだ。こんなものを取り付けるくらいだから、人形をとても大切にしていたんだろう。

被害者はリビングのソファに座っていた。氏名は多葉田章夫《たばたあきお》。職業、弁護士。居住地は都内の実家だが、ここは仕事で遅くなった時のために借りているマンションだという。単身者向けの賃貸マンションで、オートロックはあるけれど、セキュリティはそれほど厳重ではない。

この多葉田から、人形が盗まれたと通報があった。それで健斗は花岡とともに駆けつけたのだ。

多葉田は沈痛な面持ちでソファに座っている。普段の彼は知らないが、ひどくショックを受けているのは間違いない。眼鏡の奥の目はうつろで、がくりと肩を落としている。

「盗まれた人形というのは、どんな人形なんですか？」

L字になったソファセットのひとつに花岡が腰かけ、健斗は手帳を手にその脇に立った。花岡の問いに、多葉田はゆらりと立ち上がる。いったん奥の部屋へ行くと、大判の本を持って戻ってきた。

「この中に載っています」

覗《のぞ》き込むと、写真集らしい。表紙には『重森時子《しげもりときこ》作品集』と書かれている。

「重森時子…」

健斗が呟《つぶや》くと、多葉田が答えた。

「著名な人形作家です。現在はもう引退されていますが……盗まれたのは、この人形です」

多葉田は写真集の中ほどのページをひらき、健斗たちに見せた。

「これは」

健斗は無意識に前のめりになった。

森の中で、振袖姿の人形が椅子に腰かけている写真だった。長い黒髪。華やかな赤紫の振袖。濡れたような黒い瞳。唇には赤い紅がさされ、人形だとわかっていても、なんとも言えない色香がある。

健斗はごくりと唾を呑んだ。

（似ている）

あの、街で見かけた着物の女性——玲によく似た女性に。

「綺麗な人形ですね」

感心したように花岡が言う。眼鏡のブリッジを軽く指先で押さえながら、多葉田が答えた。

「これは、重森時子が亡くなった娘を模して作った人形です」

「亡くなった？」

「ええ、病気で……。実は、僕は重森時子の息子さんと面識がありまして。あとで詳しくお話ししますが、彼はこの人形を騙し取られてしまったんです。僕としても非常に残念なことだったんですが……」

うつむきがちに、心苦しそうに話す。人形の本来の持ち主は、息子の重森繋《ツナグ》だという。だが詐欺に遭ってしまい、奪われてしまった。それ以来行方不明だったのだが、偶然、持っている人物を多葉田が見つけたという。

「僕は人形をコレクションしていますから。蛇の道は蛇といいますか、コレクターにはコレクターしか知らない裏の道があるんです。ただ、どうやら盗品らしく——相手は素性を明かせないと言うので、まずは私が手に入れて、本物かどうか確かめようと思ったんです。本物だったら重森さんにお返ししようと」

「なるほど」

花岡は頷《うなず》いて先を促す。

「大金を要求されましたが、世界に二つとない貴重な品だからやむを得ません。どうにか手に入れて、大切に保管していたんですが……」

多葉田の顔が歪む。膝の上でぎゅっと拳を握ると、いきなりテーブルをドンと叩《たた》いた。

「園田鞠子《そのだまりこ》という女です！」

「は？」

急に激高した様子に、花岡と健斗は揃って体を引いた。

「いや、どうせ偽名に決まっている。そう名乗る女から、私が勤めている法律事務所に相談があったんです。その女はこの人形にとてもよく似ていて、それで油断してしまって」

「似ている？」

健斗が訊き返すと、多葉田は忌々《いまいま》しそうに頷いた。

「そうです。最初から人形を盗むつもりだったんだ。そのためにわざわざあんななりをしたに違いない。着物まで着て、嘘の相談をでっちあげて……」

多葉田はキッと顔を上げて、健斗たちを見た。いや、睨《にら》みつけた。血走った目で。

「刑事さん、この人形に似た女を探してください。そいつが犯人です」

自分はその女を知っている。いや、見かけたことがあるだけだが。花岡に耳打ちしようと思った時、玄関の方でドアが開く音がした。

「――カラスが出たって？」

玄関の鍵は開いていた。声の持ち主は、どかどかと足音を立てて廊下を進んできた。

「ちょっと失礼します」

花岡が慌てて立ち上がり、廊下の方へ向かった。健斗もあとを追う。

「げっ」

らしくない声を上げて、花岡が立ち止まった。小声で呟く。

「なんで狂犬が来るのよ」

「狂犬？」

スーツ姿の男が、大股で廊下を歩いてきた。花岡と健斗の前に立ち、横柄な態度で言い放つ。

「現場はどこだ？」

その顔を見て、健斗は息を呑んだ。

(あの男)

短髪の。ガラの悪い。三白眼で、迫力のある眼《め》をした。

少し前にマジックアワーの入り口にいた男だ。玲を脅していて、止めようとして健斗が殴られた、あの男。

花岡が小さく会釈すると、男は顎を動かした。

「ああ、おまえ、辰《たつ》さんのとこの」

花岡は憮然とした顔をしながらも男をリビングに通す。寝室の方を手で示した。

「現場はあちらの部屋です。盗まれたのは人形です」

「人形ねえ」

呟いて、男は無精髭の生えた顎をさすった。

「鑑識がまだ来ていないので、何もさわらないでください」

「わかってるよ」

面倒くさそうに答えて、男はマウンテンコートのポケットから白い手袋を出した。両手に嵌《は》めながら、寝室に入っていく。

「花岡さん、あの人……」

とまどいながら訊くと、花岡は不機嫌な声で答えた。

「本庁の刑事よ。刀浦《とうら》警部補」

「ほ、本庁⁉」

健斗はひっくり返った声を上げてしまった。

刑事。

あのやくざみたいな男が。

（本庁の警部補……）

「前は新宿署にいたの。盗犯じゃなくて強行犯係だったけど。すぐに手や足が出るし、犯人をボコボコにするしで、狂犬って呼ばれてたのよ」

「きょ、狂犬……」

――普通じゃないですよ。いきなり殴るなんて。やくざじゃないんですか。

――違うよ。まあ、似たようなもんだけどな。

あの乱暴な男が、まさか警察官だなんて。それも警視庁の。

（ええと、じゃあどういうことだ？）

玲とあの男の関係がますますわからない。寝室を見ると、男は部屋の中をひと通り見分して、キャビネットの中の黒い羽根をねめつけるように見ていた。そして寝室から出てくると、立ったままの健斗に目を留めた。

「――おまえ」

ぎくりとした。

「おまえ、マジックアワーにいたな？」

「え、あの」

「真柴くん？」

短髪の男——刀浦は、つかつかと近づいてくると、ガッと健斗の腕をつかんだ。

「姉ちゃん、ちょっとこいつ借りるわ」

姉ちゃん呼ばわりされて、花岡がむっとしているのがわかる。

「ちょっと…」

「あ、あの」

花岡と健斗が声を上げても、かまわず刀浦は健斗の腕をぐいぐいと引いていく。驚くほど力が強かった。そのまま玄関まで連れていかれると、つんのめりながら靴を履かされ、部屋の外へ出た。

「あの——警部補？」

さらに強引に廊下を引きずられ、ひと気のない階段まで来る。半階分降りて踊り場まで来ると、ようやく刀浦は手を放して振り返った。

「おまえ、名前と階級は」

前置きなしに、切りつけるように言われた。

「真柴健斗です。巡査です」

　反射的に答えた。

「真柴ね。見ない顔だが、いつ新宿に来たんだ？」

「今年の春です」

「ふん。新人か。——で、おまえ、玲のなんなの？」

　玲。呼び捨てだ。

「あの……」

「しょっちゅう店に来て、いつもあいつと話してたよな。それにこの間は、あいつをかばった」

「……」

　どう答えればいいのかわからず、健斗は目を泳がせた。悪いことをしているみたいに。

「——ああ」

　少しの間をおいて、刀浦はふっと口調を変えた。

「おまえ、そっちの方か」

「え？」

　思わず目を戻すと、刀浦はにやにやと笑っていた。からかうような、それとも舌なめずりするような顔だ。

「あいつ、綺麗な顔してるもんなあ」

「え」

「玲目当ての客、いっぱいいるからな」

「ッ」

カッと頬に血が上ってしまった。

あわてて顔を背けて口と頬を手で覆う。これじゃ肯定しているのと同じだ。自分は本当に修業が足りない。

「なあ、あいつは知ってんのか」

顔を近づけて、囁き声で刀浦は言った。よからぬ相談でもするみたいに。

「は?」

「おまえが刑事だってことだよ」

「……知りません」

言えなかったのだ。

「ふうん。ま、そうだろうなあ。あいつ警察嫌いだもんな。おれのことも毛嫌いしてるし」

「……」

「ちょうどいいや」

健斗は踊り場の壁際に立っていた。刀浦がさらに近づいてくる。煙草の匂いがした。きつい、癖のある匂いだ。押されるように下がってしまった。背中が壁につく。

「おまえ、あいつとつきあえよ」

さらっと刀浦が言った。

一瞬、意味がつかめなかった。

「は？」

「好きなんだろ？　ものにして、恋人になれって言ってんだよ」

「も、ものにって…」

何を言っているんだ、この人は。

「まあ、あいつがゲイだとは聞いたことないから、ふられるかもしんねえけど。あーでも、あいつ貞操わりとゆるいし、押せばあんがい行けるかもよ？　だめでも、取り巻きくらいにはしてもらえんだろ」

「え、貞、え？」

混乱して、すぐには何も返せない。すると刀浦はさらに詰めよってきた。

にやにや笑いを引っ込める。真顔で、言った。

「とにかく、なんでもいいからあいつに近づくんだ。おまえが警察官だってことは絶対に言うなよ。で、あいつの周りを探って、逐一おれに報告しろ。特に隠れて会ってる奴《やつ》、こそこそ連絡を取ってる相手がいたら、必ず報告するんだ」

「え…」

口の中が渇いて、声が喉にからみついた。

「どうしてそんな」

「これは命令だ」

目つきの悪い三白眼は、間近で自分に向けられると、刀のようにざくざく突き刺さってきた。

「黙って従え」

「――」

健斗はごくりと唾を呑んだ。背中に嫌な感じの汗が浮く。初冬なのに。

「――できません」

最初は、はっきりしない声になった。格好悪い。

「ああ?」

刀浦は顔を歪めて凄《すご》んできた。まるでやくざだ。

健斗は顔を上げた。自分は警察官だ。やくざなんて怖くない。いや、相手も警察官だけど。

「騙してつきあって身辺を探るなんて、自分にはできません」

刀浦の顔を見返して、はっきりと言った。

「……」

刀浦は顎をそびやかした。表情のない三白眼で、見下ろすように健斗を見る。

それから、いきなり足を振り上げて壁を蹴った。健斗の体のすぐ横。この間、玲を脅していたのと同じように。

「甘っちょろいこと言ってんじゃねえぞ！」

「…っ」

健斗は小さく身を震わせた。

「いいか。これは国家の治安にかかわる重要な案件なんだ」

「こ、国家の治安？」

声が裏返った。

「おまえは警察官だろう？　逆らうことは許されない」

「――」

「単に窃盗の話じゃないんだ。おまえがヘタを打ったり裏切ったりしたら、死人が出ると思え」

「し、死人って…」

まさか。きっとからかってるか、大げさに言っているんだろう。

でも、言い返せなかった。訊き返すこともできない。身長はそう変わらない。むしろ健斗の方が高い。筋肉は明らかに健斗の方がついている。

でも、負けていた。気迫とか存在感とかキャリアとか、何かそういうもので。

「このことは誰にも言うな。おまえの先輩のあの姉ちゃんにもだ。ああ、辰さんには話をつけておくから、おれが呼んだらすぐに来いよ。いいな」

一方的に言いたいことだけ言うと、刀浦は壁から足を下ろした。くるりと踵《きびす》を返す。

健斗をおいて、すたすたと階段を上っていく。その着崩れたスーツの背中に向かって、健斗は声を上げた。

「待ってください！」

刀浦は足を止めた。面倒くさそうに振り返る。

「せめて、理由を教えてください」

「ああ？」

「どうして玲さんの身辺を探るんですか？」

刀浦は黙って階段の上から健斗を見下ろしてきた。

「何かの事件に関係してるんですか。警部補は何を疑っているんですか。あの人はどういう人なんですか？」

矢継ぎ早に訊くと、刀浦は片頬を歪めて「は」と笑った。馬鹿にして、吐いて捨てる笑い方だ。

「そんなこと、所轄のひよっこなんかにぺらぺら喋るわけねえだろ」

「っ……」

健斗は体の両側で拳を握った。三白眼を睨みつける。

「だったらやっぱり、自分にはできません」

「……」

ことさらゆっくりと、刀浦は階段を下りてきた。無精髭の生えた顎をざらりと撫《な》でる。

「じゃあ、あいつがどうなってもいいのか？」

「え？」

「俺はあいつが嫌いだ。でもあいつと繋がってるのは、情報を得るためでもあるし、あいつを守るためでもある」

「……どういう意味ですか」

「玲は危なっかしいからな。天涯孤独だし、自分の身はどうなってもいいと思ってるふしがある。ま、おまえにもそのうちわかるだろうけど」

（天涯孤独？）

「言っとくが、俺だって警察官だ。私利私欲で動いてるわけじゃない。犯罪を未然に防いで、人を守るためにやってるんだ」

うつむいて、健斗はぎゅっと奥歯を噛《か》んだ。それから、顔を上げて刀浦を見た。

「俺がそばにいたら、あの人を守れるんですか」

刀浦はにやりと笑った。してやったりという顔だ。くやしいけれど。

「そいつはおまえ次第だ」

「……」

　黙っていると、刀浦はスーツの内ポケットに手を入れた。手帳を出して、何か書きつける。ページを破って、健斗に差し出した。

「俺の個人的な連絡先だ。覚悟が決まったらメールしろ。――ああ、登録名は変えておけよ。嫉妬深い恋人が盗み見るかもしんねえからな」

　差し出された紙片を、健斗は黙って受け取った。

　もう用はないというように、刀浦は背中を向けた。さっさと階段を上がっていく。健斗は一人、踊り場に取り残された。

　早く現場に戻らないといけない。仕事をしないと。

　だけどなかなか足が動かなかった。頭の中も動かないまま、健斗はその場に立ち尽くしていた。

　首輪をつけられた気がした。


　現場に残されていた黒い羽根は、剝製のカラスから抜かれたものだと判明した。種類はハシブトガラス。日本でもっとも多い、街中でよく見かけるカラスだ。

「鳥類の剥製を扱っている業者を調べて、顧客名簿を出してもらいましょう。カラスの剥製を欲しがる人なんてそんなにいないだろうから、利用目的がはっきりしない客をリストアップして」

「剥製って、長期間もつんだろ？」

向かいの席から言ったのは、盗犯係で二番目のベテラン、石尾《いしお》だ。経験豊富な叩き上げの刑事だ。

「そうですね。保管状態が悪いと虫に食われたりするみたいですが。鑑識によると新しいものではないようだけど、保管状態はいいそうです。ただ取り返し屋の噂が出てきたのがここ一、二年のことだから……数年に絞って調べてみます」

「じゃあそれはこっちでやるよ」

盗犯係で手の空いている者が手伝ってくれるという。花岡は礼を言って鑑識の報告書を石尾に渡した。

「防犯カメラは？」

辰村《たつむら》係長に問われて、健斗は手帳をひらいた。

「マンションの玄関の防犯カメラには、それらしい人物は映っていませんでした。というか、多葉田さんが一人で帰宅した様子が映っているので、どうも別の日の映像が記録されているようです」

「すり替えられたってことか？」

「ネットワークカメラなんで、ハッキングされたんじゃないかと。その痕跡をこれから調べてみます」

「現場周辺の防犯カメラは？」

「録画データを押収したので、これから調べます」

「手伝うよ」

石尾の隣の丸山《まるやま》が片手を上げた。名前通り丸顔の、人の好さそうな顔をした刑事だ。取り調べのスキルに定評があって、聞き込みも上手い。

「ありがとうございます」

「真柴は、自称園田鞠子って女を見かけたことがあるんだろう？」

辰村の言葉に、健斗は頷いた。

「はい。西口の近くで……着物姿で、ちょっと目立っていたので」

「真柴くんが着物の女性がつまずいたのを助けたの、私も見たわ。たしかに目立つ美人だったわよね。言葉は交わしたの？」

「ほとんど何も」

「盗まれた人形にそんなに似ていたのか？」

「そうですね……」

健斗は記憶を辿《たど》った。重森永久子の人形の写真を見たせいか、印象は玲よりも人形の方に重なった。

「メイクや着物のせいもあるかと思いますが、よく似ていました」

「最近のメイクの技術って凄いものね。芸能人に似せるメイクとか、かなり似てるし。園田鞠子はいつもマスクをしていたそうだけど、目元って特にメイクで変えやすいから、メイクを落とすとけっこう顔が変わるかもしれない」

「そうですね」

「人形の写真を持って、聞き込みしてみましょう。和服の美人なら、覚えている人がいるかも」

「はい」

「それから重森繫さんの方だけど」

重森繫は、人形作家の重森時子の息子だ。人形のモデルになった永久子の弟にあたる。都内の会社勤めで、花岡が話を聞きに行っていた。

「人形は手元に戻ってきてないって。誰かに取り返してくれるよう依頼したことがあるか、それとなく訊いてみたけど、知らないって言われました。とぼけてる可能性もあるけど」

それから、と花岡は顔をしかめて話を続けた。

「被害者が言っていた、人形が騙し取られたって件だけど……重森さんの話を聞く限り、騙し取ったのは多葉田の可能性があると思う」

「えっ」

「そもそも重森時子の息子だって知ったうえで近づいてきたみたいだし」

花岡の説明を聞くにつれ、健斗もしかめ面になってしまった。

あの部屋を見る限り、多葉田はそうとうの人形マニアだ。そして永久子の人形に執着していたふしがある。多葉田が人形目当てに重森繫に近づいたとしたら。そして弁護士という立場を利用して、人形を騙し取ったとしたら。

「まあ、今からじゃ立件も立証もできなそうだけど」

花岡は小さくため息をこぼした。

「重森さんはなんて言ってるんですか?」

「もう人形のことは諦めたって。それより、お母さんの具合がよくないみたいで……正直、もう多葉田には関わりたくないって言ってたわ。今は母を静かに見送ることだけ考えたいって。そう言われたら食い下がれないわよね」

健斗はデスクの上の永久子の人形の写真に目を落とした。写真集からコピーしたものだ。亡くなった娘をかたどったという、美しい人形。その澄んだ黒い瞳。

「……もしも犯人を見つけて人形を取り戻すことができたら」

呟くように言うと、盗犯係の面々がこちらを見た。

「人形は多葉田さんに返却するんですか?」

花岡と辰村がちらりと目を見交わした。ため息交じりに、花岡が答える。

「そうするしかないわね」

「素直に重森さんに返すでしょうか」

「それは私たちが考えることじゃないわ。被害届は多葉田から出てるんだし。私たちの仕事は、盗んだ犯人を捕まえて、盗難品を取り返すことよ。重森さんが被害者だというんなら、あらためて被害届を出してもらわないと」

「でも…」

「多葉田は人形を取り戻すのに大金を払ったと言っているし、所有権を主張するでしょうね。そのあたりを争うなら、それはもう民事の範疇《はんちゅう》よ。私たちは民事には介入しない——できないの。残念だけど」

くやしそうに、でもはっきりと、花岡は言った。

「あのな、真柴」

なおも健斗が口をひらこうとすると、辰村が苦み走った顔で言った。

「警察ってのは、正義の味方じゃないんだよ」

「——え?」

健斗はぽかんとしてしまった。

「正義は法律で決められないからな」

辰村は無意識のようにスーツの内ポケットを探った。煙草を探してしまったんだろう。小さく舌打ちする。代わりに、ミントのタブレットのケースを取り出した。

「紛争中の国やテロリストを見ればわかるだろう。争っている国同士は自分たちが正義だと主張して譲らないし、テロリストは自らの正義を実現するために、暴力や脅迫を行う」

「でも、それは」

「たとえば、人を殺すことは悪いことか？」

上司に真顔で問われ、健斗は一瞬、言葉に詰まった。

「もちろんです」

「だけど戦争中だったり、緊急避難だったり正当防衛だったり、死刑の執行だったり――時と場合によっては、人を殺すことが正当化される。殺される方にとっても、それは正義か？」

「――」

「極端な話、戦争に勝てば人殺しは英雄になるが、負ければ戦犯になる。勝った方が正義だからだ」

辰村はミントタブレットを口に放り、ガリッと噛む。煙草の代わりにタブレットやキャンディを持ち歩いているのだが、舐《な》めるのが性に合わないとかで、いつも噛み砕いてしまうのだ。

「正義は時と場合によって変わるし、国や人の数だけある。万人にとっての正義なんてない。

正義は規定できない」

強面《こわもて》に地獄声で、だけどどうかすると優しいくらいの声で、辰村は続けた。

「規定できるのは、法律だけだ。そして俺たちは司法警察職員だ。法を執行するのが仕事だ。正義を執行するわけじゃない」

「――」

健斗は何も返せなかった。

黙って考え込んでいると、話を切り替えるように石尾が口を挟んだ。

「まあでも、その取り返し屋？　だとかのサイトは調べてみないとな。取り返すって言っても、やってることは犯罪なんだし」

辰村も頷く。

「本庁のサイバー犯罪対策課におれから話を持ってってみるよ。あっちで把握してるかもしれんし」

お願いします、と花岡が答える。辰村はもうひとつタブレットを口に放り込んだ。

「しかし、カラスか。取り返し屋ねえ。この令和の世に、義賊とは」

「――あの」

健斗は顔を上げた。

「灰色鴉《がらす》って、どういう泥棒だったんですか？」

辰村はタブレットを噛み砕く口の動きをちょっと止めた。

「係長は知ってるんですよね？」

「まあな」

「私も聞きたいです」

花岡が顔を向けると、辰村は困ったようにごま塩頭を掻《か》いた。

「灰色鴉か。今頃になって奴のことを思い出すとはなあ」

苦々しい顔だ。石尾がちょっと笑って言った。

「灰色鴉は、辰さんの盗犯人生の汚点だもんな」

「汚点？　捕まえたんですよね？」

「おれが手錠かけたわけじゃないけどな。——灰色鴉は、紳士だな」

紳士？　と健斗は聞き返した。「泥棒貴族だね」と丸山が口を挟む。泥棒映画の傑作だそうだ。

「何しろ見目のいい男でな。今で言うイケメンってやつだ。それに立ち居振る舞いもスマートで、女に優しい。外国暮らしが長かったから、レディファーストが身についてる」

「へえ」

「さらに学があった。もともと外資系の投資顧問会社に勤めてて、投資コンサルタントとして起業していた」

「え、職業的な泥棒じゃなかったんですか?」

「違う。しかもけっこう稼いでたよ。泥棒なんかする必要がなかった。でも奴は、宝石に目がなくてな」

「宝石」

「カラスは光り物が好きだっていうもんな」

石尾が言うと、丸山も頷いた。

「キラキラしたものを集める習性があるっていうよね。しかも遊びやゲームで集めてるらしい。ゲームをするのは、知能が高い証拠だ。カラスってかなり頭がいいらしいね」

「カラスが頭がいいっていうのは、聞いたことがあります」

健斗も頷く。

「自分でも買っていたが、珍しい宝石、美しい宝石を見ると手に入れたくなるらしい。投資コンサルタントだから、金持ちや上流階級とつきあいがある。ハンサムで頭がよくて紳士で——みんなころっと騙されちまうのさ、で、気がつくと宝石がなくなってる」

「どうやって盗んだんですか?」

「さあ。それがわからん」

お手上げ、というように辰村は両手を広げてみせた。

「状況証拠で引っぱって、さあこれから調べようって時にあっさり死んじまったんだ。ガンでな」

「ガン……」

「最後の盗みをやる前からわかっていたらしい。しかも末期で、あちこち転移してた。捕まえた時には、もう手の施しようがなかった」

　健斗は小さく唾を呑んだ。

「おれが取り調べてる最中に、血を吐いて倒れたんだ。すぐに警察病院に運んだ。だが奴は治療を拒んで――まあ、できる治療もなかったんだが、鎮痛剤すらも拒んで、激痛でのたうち回り、最後は気を失ったまま死んだ。あっという間だった」

「……」

　盗犯係のデスクの島に沈黙が落ちた。

「もう少し早く捕まえていれば……」

　辰村の顔が歪《ゆが》んだ。迫力のある強面が、さらに怖くなる。

「目星はつけてたんだ。だがなかなか尻尾《しっぽ》を出さなくてな。管轄外の事件も多かったし、当時は所轄間の連携も取れてなかった。警察がぐずぐずしてるうちに、奴は手の届かないところに行っちまった。捕まえたのに、逃げられたような気分だよ」

　だから汚点なんだろう。辰村はまた煙草を探しそうな仕草をしたが、あきらめてタブレットを口に入れた。ペースが速い。

「ただ、奴が天才的な錠前破りの腕前を持っていたことはわかってる。それを受け継いだ息子は鍵師になったしな。あと…」

辰村は花岡に顔を向けた。

「花岡は鉄道警察隊にいたから、スリは捕まえたことがあるだろう？」

「はい」

花岡が頷いた。

「でも最近は、技術のあるスリは減ってきてますね。そういうのは刑務所を行ったり来たりしてるおじいちゃんばっかりで」

「そうだな。昔はスリの技術ってのは弟子入りして何年もかかって習得するものだった。今はそんなことをする奴はいない。ほとんど絶滅危惧種だ」

まるでそれが貴重な技術みたいに、辰村は言う。

「でも奴は天才的な――それこそ芸術的なスリの腕前を持っていた。それに奴は、どうしても欲しい宝石があると、そっくりの贋物《にせもの》を作った。そいつを本物とすり替える」

「ほんとの怪盗じゃないですか」

半ば呆《あき》れて健斗が言うと、辰村は苦々しく顔を歪めた。

「まったく、ふざけた話だよ。よくできた贋物だったから、見た目だけじゃわからない。発覚が遅れるし、いつすり替えられたかもわからない」

言ってから、辰村は思い出すようにちょっと間を置いた。それから、地の底から響いてくるような地獄声で続ける。

「でも一人だけ、目の前で鴉に宝石をすり替えられた被害者がいた。百貨店の外商だったんだが……その場ではわからなくて、後で発覚したんだがな。そいつが言ってたよ。まるで魔法のようだったって」

「魔法……」

小さく呟く健斗の顔を見て、辰村は大きく頷いた。

「本物の窃盗の技術は、魔法みたいなものだ。あったはずのものが消えてなくなる。不可能が可能になる」

「……」

「ま、泥棒に本物も何もないんだがな」

ため息交じりに言って、辰村は噛み砕いたタブレットを飲み込んだ。

健斗は視線を落とした。デスクの上には現場の写真が散らばっている。

あったはずのものが消えてなくなる。不可能が可能になる。

ぽかりと空いた人形の椅子の上に置かれた、黒い羽根の写真が目に映った。

健斗の子供の頃の夢は、正義の味方になることだった。

別に映画やテレビに出てくるような、超人的な力で地球を守ったり、戦隊を組んで悪の組織と闘うヒーローになりたかったわけじゃない。警察組織の一員、それも末端で、犯罪とちまちま闘う公務員でいい。

ただ、信じたかったのだ。信じるだけじゃなく、実践したかったのだ。

世の中にどんなにひどいことや暗いことがあっても、どこかに必ず光はあるって。理想論でも。子供じみていても。

それをこの手でつかみたかった。指をさして、見せてあげたかった。苦しんでいる人に。

（……閉まってる）

防犯カメラの映像チェックをようやく終え、深夜一時過ぎに足を運ぶと、地下への入り口のライトはすでに消えていた。

マジックアワーのあるビル全体も明かりひとつなくひっそりしている。まさしく幽霊ビルだ。

健斗はビルを見上げた。四階の窓にも明かりは灯《とも》っていない。玲はもう眠ってしまったんだろうか。

それでも、すぐには離れられなかった。顔が見たい。会いたい。今ここにいるという証《あかし》だけでも感じたい。

（本気でストーカーだよな……）

さすがに自分が気持ち悪くなってきた。もう遅いし、明日も仕事だ。早く寮に帰って休まなくちゃいけない。

(でも)

刀浦の顔も頭にちらついた。まだ連絡はしていない。彼の命令を聞くかどうか、まだ決められないでいる。

命令を聞いたら、玲を裏切ることになる。騙して、見張って、身辺を探るなんて。

(だけど)

だけどここで手を引いたら――玲のことは何もわからなくなる。玲がどんな人間で、刀浦はどうして彼を探ろうとしているのか。見張っていれば守ることができるというのは、どういう意味なのか。

(ああでも)

健斗は両手で髪をかき回した。くやしいけれど、筋肉派というのは本当だ。昔から、ぐるぐる考えるのは苦手だった。考え過ぎて動けなくなるくらいなら、まずは行動する方だ。

ただ。

ただもう――そばにいたいだけなのだ。もっと近づきたい。そばにいたい。知りたい。触れたい。守りたい。欲しい――

ぽつ、と小さく、ひたいを水滴が叩いた。

ぽつ、ぽつ、とアスファルトに黒い染みができていく。雨だ。

（くそ）

もう考えるのはやめにした。健斗はビルの横手に回った。地下への入り口がぽっかりと口を開けている。真っ暗なので、スマートフォンのライトを点けて階段を下りた。まるで奈落へ下りていくみたいだ。

ドアの横のライトも、明かりが落とされていた。ドアバーにＣＬＯＳＥＤのプレートが下がっている。

そのドアバーをつかんで、力をこめて引いた。

◆

終業後に一人で店で飲むことは、たまにあった。

カクテル作りの練習をしたり、たまにはオリジナルなカクテルを考案してみたり。ただ一人で飲みたい時もある。何しろバーなので、世界中の酒が揃《そろ》っている。その日の気分に合った酒が飲める。

今日の酒は、ウォッカ・アイスバーグ。ウォッカに薬草リキュールのアブサンをステアして作るロングカクテルだ。アブサンは香りづけ程度で、ウォッカをロックで飲むようなものなので、かなり強い。ひたすら強い酒が飲みたい時、酔いたい時に作るカクテルだった。

カクテルには、花言葉と同じようにカクテル言葉というものがある。どこの誰が考えたのか知らないが、酔狂なものだと思う。

ウォッカ・アイスバーグのカクテル言葉は――『ただあなたを信じて』

ロマンティックすぎる。うっかり飲み過ぎたらべろべろに酔っぱらう、まったく甘くないカクテルなのに。それとも、我を失うほど酔ってしまっても、あなたと一緒なら大丈夫という意味だろうか。世の中はロマンティストだらけだ。

アイスバーグの名の通り、氷山に見立てたロックアイスが半分ほど溶けたところで、店のドアが軋《きし》みながら開いた。もう明かりも落としているのに。

「すみません。閉店です――」

言って顔を上げると、そこに健斗《けんと》が立っていた。

「……もう来るなって言っただろ」

低い声で、なるべく冷たく聞こえるよう、玲《れい》は言った。

「また来ますってメモ残しましたよね」

まったく怯《ひる》むことなく、生意気なくらいの気丈な顔で、健斗は返した。

ため息をついて、玲はバースツールから下りた。中に入ってきた健斗の前に立つ。

「健斗、おまえな…」

うんざりした顔を作って口をひらこうとすると、かぶせるように健斗が言った。

「俺、絶対に諦めませんから」

強い口調だった。玲は思わず口を閉じた。

生真面目な性格なのは知っていたけれど、今日はことさら真剣な顔をしていた。まるで、これから戦地に赴くとでもいうような。

「……だから、俺はおまえが思ってるような人間じゃないんだよ」

目を伏せて、わざとぞんざいに言った。

「本当の俺を知ったら、嫌いになるよ」

「なりません」

間髪いれず、健斗は返した。

「俺、玲さんのことを好きだって思ったの、再会してからですから」

玲は顔を上げた。眉をひそめて、健斗を見る。

「あの頃のあなたも好きだけど、今のあなたはもっと好きです」

「……」

「あなたが本当はどんな人間でも、俺の知らないことがどれだけあっても」

まっすぐな目が玲を見つめてくる。

こんなにまっすぐな目を、他に知らない。心臓をひと突きで貫かれそうだ。

「それでも、好きです」

「健斗」

「俺の全部を懸けて、誓います。俺はあなたをずっと好きでいる。絶対に、嫌いにならない」

「――」

胸を衝《つ》かれた。

（こんな）

こんなに綺麗《きれい》で強いものが、この世にあるんだろうか。

宝石よりも綺麗で、金や権力よりも強い。

（……そんな）

そんなの幻想だ。みんな愛や夢を語りながら、結局、金や権力にすがって溺れて落ちていくじゃないか。

「だから」

健斗は一歩近づいてきた。

「だからお願いです。俺を信じてくれませんか」

（……信じる？）

健斗を。

そんなこと、できるわけがない。誰かを心から信じるなんて、自分にはもうできない。こちらの手の内をさらすこともできないのに。

でも。

でも、もしも。

もしも本当にそんなものがあるなら。小さくても、ほんのひとかけらでも、他の誰かにとっては価値がなくても。

それでも信じられる、強くて綺麗なもの。そんなものが、もしも本当にあるなら――

「……おまえ、俺とセックスしたいの?」

目を見据えながら言うと、一瞬おいて、健斗は引っくり返ったような声を出した。

「せっ⁉」

一気に真っ赤になる。わかりやすい。健斗といると、上がったり下がったり、喜んだりがっかりしたりが、手に取るようにわかる。それがひどくくすぐったくて、でも嫌じゃない。

「や、あの……正直、まだそこまで考えてなかったですけど」

真っ赤になりながら、一生懸命に言う。

「でもたぶん……したい、です」

「たぶん?」

「し、したいです！」

「……ふうん」

別に悪戯心《いたずらごころ》を起こしたわけじゃない。からかおうとしたわけでも、情けをかけたわけでもない。

ただ、ほんの少しだけ——賭けてみたくなったのだ。運命の悪戯みたいに現れたこの男が、もしかしたらこの先のゲームの行方を決めるサイコロのひとつになるんじゃないか、なんて——

「じゃあ、キスしてみるか？」

別に自分の全部を賭けるわけじゃない。健斗にだって、全部を賭けさせたりしない。危なくなったら逃げればいい。泥棒だから、逃げるのは得意だ。

「え」

健斗は目を瞬《しばたた》かせた。

「いいか、俺にさわるなよ。俺、抱きしめられるとか嫌いだから」

「え、えーと…」

健斗は戸惑っている。片手を上げかけて、すぐにまた戻した。

それから意を決したように、一歩近づいてきた。ゆっくりと顔を寄せてくる。

頬や顎に手を添えることも、肩に手を置くこともさせなかった。いつだって逃げられる、蹴り上げることだってできる体勢のまま、ただ唇だけを重ねた。

「……」

おっかなびっくりの、慣れていなさそうな唇だった。玲だって、受け身で男相手なのは初めてだ。

最初はただ重ねるだけだった唇が、次第に深く、大胆に絡み合わさってきた。舌が前歯に触れる。誘うつもりはなかったけど、流された形で口腔《こうこう》内に舌が入ってきた。

「……ん」

胸の内で、小さく心臓が跳ねた。

「ん…ッ」

慣れていなさそうなわりに、だんだん舌と唇は大胆になっていく。のしかかるように体重をかけられて、一歩うしろに下がった。下がっただけ、健斗が間を詰めてくる。

「ん、ん」

どこも拘束されないまま、唇ひとつで繋ぎとめられる。ピンでとめられた標本になったみたいだ。最初は乾いていた唇が、どんどん濡れて、どんどん熱くなっていく。

(くそ)

ちょっと予想外だった。健斗がこんなキスをするなんて。初めて会った時は、まだ子供だったのに。

「玲さん……」

唇と唇の間で、うっとりしたような熱い囁《ささや》きが漏れる。

「ちょ、もう…」

唇を離そうとしたら、さらに深く押しつけられた。舌に舌がからみついてくる。唾液があふれそうになって、苦しくなってこくりと飲み込んだ。

(こんな)

眩暈《めまい》がした。

(こんな……)

頭がくらくらしてくる。さらに深く舌を入れられ、健斗の手が頰に触れたところで、我に返った。

「――さ」

「…っと、すみません」

蹴り上げようとしたら、すばやく体が離れた。

「おっまえ……」

深く息を吸って、拳で口元を拭った。

「すぐに足出すの、やめてくださいよ」

意外に平気なふりで、健斗は返す。生意気だ、と思う。健斗のくせに。

「……手は商売道具だからな」

そっぽを向いて、憮然《ぶぜん》としたふりで返した。健斗のキスに翻弄されたなんて、口が裂けても言いたくない。

「──俺、もう寝るから。帰れよ」

健斗のそばからするりと離れて、背中を向けて言った。

「今日は帰りますけど、また来ます」

「……好きにすれば」

そのままカウンターの方に向かう。すると、健斗は大股で玲を追い越した。すぐ近くで振り返って、笑みを浮かべて言う。

「俺の恋人になってくれるってことで、いいんですよね？」

「さあな」

わざとそっけなく、どうでもよさそうに返した。

「俺、男としたことないから、やっぱり無理ってなるかも」

「大丈夫です。俺も男としたことないですから」

思わず吹き出してしまった。

「それのどこが大丈夫なんだよ」

「はは」

息が触れる近さで、健斗が笑った。

少し照れくさそうで、底抜けに嬉《うれ》しそうな。

子供の頃の泣き顔とは違う。さっきまでの、キスを交わしていた大人の顔とも違う。嘘《うそ》がなくて、飾っていなくて、まっすぐで、素直な。健斗そのままの笑顔だ。

その顔を見て、思った。

いつか俺はこの男を傷つけるだろう。

いや、傷つける前に離れなくちゃいけない。

「じゃあな。……また」

目を逸《そ》らして、小さく呟《つぶや》いた。健斗は嬉しそうに笑った。

「はい。また」

笑顔で言って、ドアに向かう。重い音を立てて、背後でドアが閉まった。

「……」

少しの間を置いて、踵《きびす》を返して、玲はドアに近づいた。ドアに片手を置く。そのままひたいをつけて、目を閉じた。

こんなこと、長くは続かない。どうせただのゲームだ。今の自分にとっては、何もかもがゲームみたいなものだ。親はこっちだ。終わらせる権利はこちらにある。

だけど、それまでは。

短い間だけでいい。今だけでいい。いつかゲームが終わる、それまでは。
せめてそれまでは――あの笑顔を。

あとがき

こんにちは。高遠琉加《たかとおるか》です。

今回の舞台は新宿《しんじゅく》です。新宿。実はあまり書いたことがないんですよね。東京《とうきょう》に住んでいた頃は、買い物や遊びは渋谷《しぶや》に行くことが多かったし、勤め先は丸ノ内《まるのうち》線沿線だったんですが、新宿にはたまに行く程度でした。大きすぎて、いろんな顔がありすぎて、ディープすぎて、楽しさと同時に怖さもあって。普通に遊びに行くだけなら楽しいんですが、まだまだ知らない顔がいっぱいあるんだろうなあと思います。もっといろんなところに足を踏み入れてみたいです。

以前は文章を書く時はヘッドフォンでインスト曲を聴くことが多かったのですが、最近は動画で環境音を聞いてます。好きなのは、雨の音や波の音、川の音などの水系です。同じ雨の音でも、雷を伴う激しい雨だったり、しとしと雨だったり、気分や外の天気に合わせて変えてます。

でもこのお話を書いている時は、ずっと夜の街の音を聞いていました。お気に入りは、東京駅周辺です。電車の音がたくさん聞こえるから。駅の中に入ったり、電車に乗っている音だとだめなんですよね。酔うので。私はすごく乗り物酔いをするので、音で気持ち悪さを思い出しちゃうみたいです。

なので、電車の音は夜に少し離れたところから聞くのが好きです。夜の電車の音っていいですよね……。たまらない気持ちになります。夜の街を散歩する動画とかも好きです。街によって聞こえてくる音が違って、おもしろい。

当初は神楽坂《かぐらざか》を舞台にした話を書こうと思っていたのですが、二転三転してしまい、担当編集様にはたいへんご迷惑をおかけしました。すみません。引き続き、どうぞよろしくお願いいたします。

イラストのサマミヤアカザ様。まだ拝見していないのですが、きっとかっこよさも美しさも格別だろうと思います。今回、女装している人もいるので、それも楽しみです！

読んでくださった皆様、ありがとうございました！　まだ続く予定なので、もうしばらく新宿のカラスにおつきあいしてもらえたら嬉しいです。

では、また。

この本を読んでのご意見、ご感想を編集部までお寄せください。

《あて先》〒141-8202　東京都品川区上大崎3-1-1　徳間書店　キャラ編集部気付
「刑事と灰色の鴉」係

【読者アンケートフォーム】
QRコードより作品の感想・アンケートをお送り頂けます。
Chara公式サイト http://www.chara-info.net/

■初出一覧

Chara

刑事と灰色の鴉

……【キャラ文庫】

2021年8月31日　初刷

著者　髙遠琉加
発行者　松下俊也
発行所　株式会社徳間書店
〒141-8202　東京都品川区上大崎3-1-1
電話　049-293-5521（販売部）
03-5403-4348（編集部）
振替　00140-0-44392

印刷・製本　図書印刷株式会社
カバー・口絵　近代美術株式会社
デザイン　モンマ蚕（ムシカゴグラフィクス）

ISBN978-4-19-901039-2

高遠琉加の本

好評発売中

[さよならのない国で]

イラスト✦葛西リカコ

同居人の春希《はるき》に、密かな想いを寄せていた康《こう》。けれど春希は、康の叔父・月彦《つきひこ》への想いに未だに囚われていた。康は気分転換も兼ねて、春希を山の上のリゾートホテルへと旅行に誘う。ところがその道中で、なんとバスが事故を起こし、谷底に転落してしまった——!? 死んだと思った康だけど、なぜか乗客は一人も怪我をしていない。しかも、彼らの前に現れたのは、地図にはない古めかしいホテル。そこにはなんと乗客に縁のある死者たちが次々と現れて…!?

高遠琉加の本

好評発売中

「天使と悪魔の一週間」

イラスト✦麻々原絵里依

自転車と接触事故を起こして意識不明の重体!! 朦朧とする七塚《ななつか》に囁いたのは、なんと天使と悪魔――!? 「あなたが望むなら、彼と魂を交換してあげましょう」それって恋敵の体に俺が入るってこと!? 提案に強く心揺さぶられる七塚。なぜなら体の持ち主・高峰《たかみね》は、七塚が片想いしている級友の幼なじみで、同居中の相手だからだ。高峰をずっと羨んでいた七塚は、誘惑に負けてつい承諾してしまい…!?

高遠琉加の本

好評発売中

［神様も知らない］

シリーズ1～2
以下続刊
イラスト✦高階 佑

若い女性モデルが謎の転落死!?　捜査に明け暮れていた新人刑事の慧介《けいすけ》。忙しい彼が深夜、息抜きに通うのは花屋の青年・司《つかさ》の庭だ。自分を語りたがらず謎めいた雰囲気を纏う司。刑事の身分を隠し二人で過ごす時間は、慧介の密かな愉しみだった。けれどある日、事件と司の意外な接点が明らかに!!　しかも「もう来ないで下さい」と告げられ!?　隠された罪を巡る男達の数奇な運命の物語が始まる!!

高遠琉加の本

好評発売中

【ラブレター 神様も知らない3】

イラスト✦高階 佑

美貌の青年社長・佐季《さき》の周囲で起きた数々の不審死——。13年前から幼い佐季が重ねた犯罪が、徐々に明るみになり始める。そんな佐季と強い絆で結ばれつつ、人目を忍び隠れた共犯者として生きてきた司《つかさ》。けれど刑事の慧介《けいすけ》と共に青空の下を歩きたいと願う今、もう協力はできない…。永い執着と新しい愛の狭間で司の取った選択とは!? 罪を犯した青年と愛ゆえに追い詰める刑事との恋の終着点!!